Vivre debout et mourir libre

Du même auteur

Essais

Parler avec sa mère, Flammarion, 2025

Se vouloir du bien et se faire du mal. Philosophie de la dispute, Flammarion, 2022 ; Champs, 2025

L'École de la vie, Flammarion, 2020 ; Champs, 2021

Que faire des cons ? Pour ne pas en rester un soi-même, Flammarion, 2019 ; Champs, 2020

Spinoza. Méthodes pour exister, CNRS Éditions, 2010 ; 2e éd. 2013

Récits philosophiques

Le Livre de l'amour infini. Apollonios, vie d'un homme-dieu, 2024

Le Clan Spinoza. Amsterdam, 1677 : l'invention de la liberté, Flammarion, 2017 ; Champs, 2019

Maxime Rovere

Vivre debout et mourir libre

Les dernières leçons de Sénèque

Flammarion

ISBN : 978-2-0804-7256-4

Ah, tu veux vivre !
Mais est-ce que tu sais le faire ?
Tu as peur de mourir ?
Mais dis, est-ce que ta vie n'est pas
déjà une mort* ?

---

* Sénèque, *Lettres à Lucilius*, IX.77.18.386. Toutes les citations de ce livre, situées en marge, renvoient à la traduction intégrale des *Lettres à Lucilius* publiée aux éditions Flammarion en 2025. Elles indiquent d'abord le numéro du livre en chiffres romains, puis ceux de la lettre, puis du feuillet, puis de la page.

Introduction

S'émanciper

Personne ne naît libre. Ce n'est que très progressivement que l'être humain, né dans la dépendance, acquiert son autonomie. Il ne découvre qu'au fil des jours l'environnement où il évolue. Il lui faut des mois et des années pour apprendre à se mouvoir, à appréhender l'inconnu, à comprendre et à se faire comprendre des êtres qui l'entourent. À mesure qu'il rencontre partenaires et obstacles, les domaines ouverts à son action prennent forme peu à peu. Il y trouve beaucoup de contrariétés, mais aussi des aides précieuses et quelques compagnons. En sortant du brouillard, ces champs d'action se révèlent plus complexes et de plus en plus vastes.

Nous devons donc l'admettre, la liberté *s'apprend*. Elle ne nous est donnée ni comme une charge, ni comme un cadeau, ni comme un défi, car elle ne se *reçoit* tout simplement pas.

Il serait inconcevable de l'accueillir de manière passive pour se demander ensuite quoi en faire. La liberté n'est ni un objet ni un outil ; elle se déploie au cœur d'une existence où l'on se reconnaît et où l'on s'accomplit progressivement ; où l'on se définit soi-même, oui, mais pas à partir de rien. L'expérience, l'exemple, l'erreur, la réflexion, la lecture ou les rechutes, tous les moyens sont bons pour approcher la liberté, car on n'a jamais fini de l'apprendre.

Aussi longtemps que nous n'avons pas atteint la perfection de la sagesse, nous sommes donc
V.47.1.206 tous et toutes « confrères en esclavage », selon
une saisissante expression de Sénèque. Lui, au Ier siècle de notre ère, il a connu les aléas les plus spectaculaires d'une destinée humaine. Jeune homme, il a d'abord été si malade qu'il a fallu l'éloigner de Rome pour le soigner dans les sanctuaires d'Égypte. Devenu un écrivain de théâtre et d'entretiens philosophiques adulé par l'élite romaine, il a été ensuite exilé sur une île sauvage, à trente ans, pour y passer huit longues années de solitude. À son retour à Rome, l'empereur Néron l'a élevé au comble de la richesse et du pouvoir, tout en l'associant à ses crimes et même au meurtre de sa mère Agrippine. Écœuré, Sénèque finit par tourner le dos au tyran à partir de l'année 62 ou 63. Peu

importe qu'en s'éloignant de Néron, il ait su pertinemment que l'empereur le condamnerait à mort à son tour. Lui qui a été plusieurs fois tout en haut, puis tout en bas, il a perçu que la liberté n'est pas un privilège dont certains profiteraient au détriment des autres. Entre les tyrans et les opprimés, les riches et les pauvres, les femmes, les hommes et les enfants, les malades et les bien-portants, ceux qui vivent longtemps et ceux qui meurent jeunes, il y a certainement des écarts, mais comme personne ne naît libre, nous sommes toutes et tous esclaves de quelque chose. Même celles et ceux qui font des efforts pour s'émanciper connaissent des rechutes : aucun être humain ne jouit de sa liberté comme d'une possession acquise une fois pour toutes.

En ce sens, il faut admettre qu'on ne peut pas *être libre* ; on ne peut qu'*agir libre*. Et cela n'arrive ni par hasard ni par simple impulsion : il faut le désirer, s'y préparer, façonner une sensibilité qui se rapporte au monde de façon à y engendrer des gestes concrets.

La liberté n'est pas un état ; elle engage une sorte de travail qui, en vérité, a plusieurs noms. Certains d'entre eux sont très banals, d'autres sont plus surprenants. C'est le mouvement de la vie. C'est l'acte de penser. C'est encore l'acte de s'émanciper. C'est aussi l'acte de mourir.

Tandis qu'il attend sa condamnation, Sénèque se met donc à l'ouvrage. Même si on le condamne, ou précisément parce qu'on le condamne, il entend faire l'épreuve d'une liberté si profonde qu'elle soit capable de transcender l'injustice et de le faire passer sans trembler, sans gémir, le seuil qui sépare les vivants et les morts. Il va mourir, inévitablement, mais il entend mourir libre.

Pour saisir l'élan d'émancipation qui l'anime, il faut voir que la situation de Sénèque – être condamné à mort sans raison, insidieusement, sans savoir quand tombera la sentence ou si la Fortune ne connaîtra pas un revirement provisoire en sa faveur – n'est terrifiante que parce qu'elle est banale : elle rend criante la condition de tous les mortels. Ce qui se joue ici n'est donc pas seulement le drame de l'individu Sénèque ou de la tyrannie romaine. C'est une tragédie commencée longtemps avant l'accession au pouvoir de Néron, beaucoup plus vaste que l'empire et qui dépasse le Iᵉʳ siècle de notre ère. Cette tragédie concerne tous les êtres inscrits dans les grands cycles de la génération, ceux qui apparaissent en naissant et qui disparaissent en mourant. Dans l'intervalle, ils doivent *jouer* cette tragédie comme au théâtre – mais comment ? – et apprendre à la *présenter* – mais à qui ?

Avec son ami Lucilius, gouverneur de Sicile et écrivain comme lui (on n'en sait presque rien d'autre), Sénèque entreprend d'échanger des lettres où, ensemble, ils se mettent à l'écoute d'une sagesse plus grande qu'eux. Elle leur vient d'une école de pensée grecque, le stoïcisme, qui a traversé des siècles et connu beaucoup de variantes avant d'aboutir aux maîtres qui ont formé Sénèque dans sa jeunesse – Sotion, Fabricius, Attale, philosophes dont aucun texte ne nous est parvenu. Reprenant à son compte le double défi de vivre et de mourir, Sénèque va redéfinir les problèmes de la tradition stoïcienne et en reformuler les propositions à sa manière.

Les *Lettres à Lucilius* constituent donc à la fois le journal d'un condamné, le testament d'un grand Stoïcien et les dernières leçons d'un homme qui découvre, dans la proximité de la mort, un tremplin irremplaçable vers la liberté. Mais attention. S'il y a un sens à écrire ou à lire un texte sur ce philosophe-là, en attente d'une mort qu'il a lui-même provoquée, ce ne peut pas être par *curiosité*. Le dernier Sénèque n'a pas écrit ses pensées dans l'espoir qu'on les bouquine pour le plaisir. Ce rapport un peu esthète à la philosophie, destiné à passer ses heures de loisir en se cultivant, Sénèque l'a bien connu. C'est par là que la tradition grecque s'est imposée à Rome et qu'elle s'est introduite dans sa vie. En confiant une partie de sa formation à des philosophes, son père Sénèque l'Ancien, homme de petite noblesse féru de rhétorique, n'imaginait pas faire naître une vocation chez son fils. La plupart des Romains n'espéraient des textes de Platon, d'Aristote, d'Épicure ou du Stoïcien Chrysippe pas tellement plus qu'une sorte d'*hygiène* morale et intellectuelle propre aux hommes de bien, un entraînement préliminaire à leurs véritables exploits, opérations politiques, judiciaires, plus rarement financières et surtout militaires.

En ce sens, les *Lettres à Lucilius* marquent une rupture dans la manière romaine de philosopher et, plus profondément encore, dans les motifs qui poussent tout un chacun à philosopher. Sénèque a vécu de près les violences politiques – assassinats, tortures, extorsions, exils – qui imposaient la soumission à ses contemporains. Il a pleuré à chaudes larmes son plus proche ami, Aenneus Serenus, empoisonné en 62. Son questionnement philosophique ne s'appuie donc pas, comme chez Socrate, sur l'étonnement né de nos incohérences ; encore moins sur l'émerveillement face aux mystères de l'univers, comme chez Aristote. L'élan de Sénèque s'adosse à une existence devenue si fragile, si difficile, tellement pétrie de deuils et de menaces, que les questions sur la vie bonne ou sur l'excellence morale prennent leur relief à partir de leurs contraires : à quelles conditions la vie devient-elle *indigne* d'être vécue ? Et comment l'existence d'*esclaves* – ce que Sénèque entend en un sens très littéral, même lorsqu'il pense aux plus riches citoyens, aux « privilégiés » comme aux subalternes – peut-elle retrouver les chemins de la liberté ? Le sentiment de la vertu peut-il croître sur le terreau de l'indignité ? Peut-on connaître un bonheur plein et entier quand le monde part à vau-l'eau ou qu'on affronte des épreuves *insupportables* ?

L'étalon-mort

Prendre ces questions pour des objets d'étude intéressants serait ne rien comprendre aux intentions de Sénèque. Un homme qui se prépare à mourir refuse qu'on entre en philosophie avec l'intérêt tiède, distant, cultivé, teinté d'intellectualisme que ses contemporains et quelques-uns des nôtres portent à la philosophie. Il y a dans sa démarche un sérieux qui suppose une vivacité d'émotion, une soif de vérité, d'honnêteté, de beauté, de joie et de bonheur, une lucidité aussi face à la peur, à l'ignorance, à la souffrance, à la mort, qui ne cherchent ni les compromis ni les justes milieux. Philosopher avec Sénèque n'a rien à voir avec une démarche seulement intellectuelle ; cela revient à invoquer l'aide de la raison pour qu'elle nous aide à scruter les gouffres, à relever les grands défis, à apaiser nos terreurs et à développer, à fleur d'expérience, les qualités humaines nécessaires pour réussir ce double exploit : vivre debout et mourir libre.

Si l'on veut s'approcher des réflexions de Sénèque, le plus sûr est donc de commencer par se désespérer. Voilà d'où il faut partir. Lorsque l'espoir ne sert plus, quand s'accumulent trop de sollicitations, trop d'épreuves, trop de fausses joies ou trop vite passées, trop d'inquiétudes, trop de plaisirs à démultiplier, trop d'efforts, trop de bonheurs perdus, trop de courses, trop de peines, trop de répétitions – et qu'on ne s'en sort pas.

En plein désastre, en plein deuil, au lendemain d'une rupture amoureuse ou d'un licenciement, après un incendie ou une coulée de boue, quand on vous annonce une maladie grave ou une mort imminente, il n'y a généralement aucun livre que l'on puisse lire, aucun discours qui vous fasse de l'effet. Le choc des grandes épreuves rend incapable d'entendre quoi que ce soit d'autre que sa propre douleur. Les *Lettres à Lucilius* font exception. Pourquoi ? Parce que c'est justement ici, après le trop-plein, exactement ici, sur les rivages de la vie et de la mort, que Sénèque propose d'accomplir un geste de rupture brutal où se révèle de manière éclatante ce qu'est la liberté. Ce geste a deux variantes.

> Tu dois sortir de là – soit de cette vie, soit de la vie tout court. Je te l'ordonne ! Mais j'estime aussi qu'il faut aller lentement. Le but est de dénouer ce que tu as laissé s'emmêler plutôt que de le trancher, avec cette réserve : si tu ne trouves pas d'autre moyen de t'en déprendre, tu trancheras. III.22.3.124

Le suicide n'est pas une idée aussi pathologique qu'on le dit. Dès que l'on perd le sens de la vie, elle s'impose d'elle-même. Pourquoi ? Parce que la mort volontaire et la philosophie révèlent la liberté de l'individu à l'égard de sa propre existence : la mort la détruit au moment de la proclamer, la philosophie l'impose à la vie comme à la mort. Se tuer, c'est sortir de la vie ; philosopher, c'est en sortir aussi, car c'est rompre avec sa vie d'esclave pour révéler sa liberté au monde.

Faudra-t-il donc choisir la philosophie ou la mort ? La question est mal posée. L'élan philosophique du dernier Sénèque se trouve adossé au suicide, mais pas sur le mode d'une *alternative* entre vivre et mourir. Il nous faudra plusieurs chapitres pour nous familiariser avec cette idée, mais autant l'annoncer tout de suite : l'acte d'émancipation où éclate la liberté *conteste* l'opposition entre la vie et la mort et, pour finir, *surmonte* cette polarité en transformant notre manière d'aborder l'existence. Une seule et même posture permet de tuer la mort qui nous empoisonne la vie, autant qu'elle suicide le genre de vie qui nous fait craindre la mort.

Au reste, on aurait tort de croire que la mort volontaire concerne seulement l'acte de se tuer ; elle engage l'acceptation d'un départ que nous aurons toutes et tous à accomplir un jour. Au moment marqué par le destin, les sages ne se cabrent pas devant l'irrémédiable. « Bien mourir,
VI.61.2.275 observe Sénèque, c'est mourir de bon gré. »

En situant l'élan philosophique à la lisière du suicide, Sénèque renverse donc toute la bienséance et toute la bien-pensance associée à ce qu'on appelle l'*éthique*. Non, l'éthique ne consiste pas à nous assurer que nos « valeurs » sont saines et sauves dans un monde corrompu.

Elle ne vise pas non plus l'entraînement moral des personnes en quête d'une « belle vie » ou d'une « belle mort ». Elle n'est pas une activité de loisir qui nécessite d'avoir du temps pour soi, de s'être *d'abord* émancipé des contraintes matérielles pour *ensuite* se soucier de donner du sens à sa propre existence.

> Sérieusement, c'est seulement quand tu auras tout ce qu'il te faut que tu voudras aussi posséder la sagesse ? Ce sera le dernier meuble de ta vie ? II.17.8.102

Dès que l'on porte attention à ses peurs, à ses tristesses et à ses frustrations, mais aussi que l'on prend au sérieux ses désirs et qu'on s'engage à se donner satisfaction, la philosophie s'impose comme un élan fidèle à lui-même, une forme de conscience de son propre chemin, une résolution à ne pas se perdre. Il ne s'agit pas simplement de réfléchir ou de peser nos mots ; il s'agit d'arracher notre cœur au tourbillon qui l'emporte sans recours, sans direction, dans une vie de contraintes qui se succèdent indéfiniment. L'enjeu ? Redéfinir nos priorités autour de ce qui compte vraiment.

Trancher

Alors, bien sûr, nos soucis nous viennent de partout et ne cessent de changer de nature. Les problèmes d'argent ne ressemblent pas à des problèmes de cœur, ceux de nos vingt ans ne sont pas ceux de nos cinquante, ceux que posent notre famille, notre santé, nos collègues, nos convictions politiques, nos amours, nos inquiétudes et nos espoirs pour le futur ne sont pas identiques. Comment nous émanciper aussi radicalement que le demande Sénèque ? Comment trancher dans cette complexité ? Comment *penser comme on se tue* ?

Lorsqu'un incendie se déclenche, les pompiers ne toquent pas poliment à la porte de l'immeuble en feu – ils la défoncent. Les Stoïciens sont de cette trempe-là. Pour affronter l'insupportable, ils n'y vont pas par quatre chemins. Ce sont des philosophes de l'urgence. Sénèque plus qu'aucun autre, car cette urgence, il la vit. Leurs formulations s'opposent de front au « bon sens » qui nous rend universellement esclaves. Elles prennent à rebours nos représentations et nos émotions. Voilà pourquoi elles choquent à la première lecture, et même à la deuxième, et presque à chaque fois que l'on revient dessus. Elles ont un caractère inacceptable. Avec obstination, avec intransigeance, elles requièrent que l'on tienne ferme à la logique des concepts *contre* les vagues d'émotion et *contre* les témoignages biaisés de l'expérience. En ce sens, les maîtres de cette tradition ne sont *jamais* de notre bord. Sénèque le sait. Dans chacune des lettres qu'il envoie à Lucilius, il ne se lasse pas d'expliciter encore et encore le scandale de la raison, de déchaîner encore et encore la déferlante des passions, car c'est de cette manière qu'ils s'acheminent ensemble vers la sagesse, nageant inlassablement à contre-courant d'eux-mêmes.

Les *Lettres à Lucilius* ne sont donc pas un exposé de la philosophie stoïcienne, mais un travail de réflexion autour de thèses qui, paradoxalement, ne sont pas faites pour être admises. Elles se destinent au contraire à *trancher* avec ce que nous avons l'habitude d'accepter. Une lectrice qui se trouverait d'accord avec tout, un lecteur qui s'y reconnaîtrait sans effort passeraient à côté de ce que Sénèque invite à faire. Leur accord supposerait qu'ils perçoivent sans délai ce que cette doctrine comporte de vérité, qu'elle entraîne une conversion immédiate de leur cœur et une adhésion sans réserve de toutes les parties de leur corps. Mais le stoïcisme prend *à rebours* les convictions qui fondent notre quotidien, les perceptions qui le rendent inéluctable, les opinions qu'il faut éradiquer si l'on veut découvrir le sens du mot « liberté ». L'acceptation de ces propositions n'est donc tout simplement *jamais* possible. Elles ont été conçues *contre*.

Si Sénèque est un grand philosophe, ce n'est donc pas parce qu'il enseigne une certaine doctrine, encore moins parce qu'il produirait des concepts que personne n'aurait envisagés avant lui. Comme il valorise aussi peu l'autorité que l'originalité, il ne se soucie guère d'être fidèle ou d'être hétérodoxe ; et comme il s'adosse à une doctrine déjà constituée, il n'a même pas besoin de fabriquer une architecture qui formerait un système cohérent de pensées. Plus simple, plus ambitieux, le dernier Sénèque – celui qui n'écrit qu'en se préparant à mourir – redéfinit l'acte de philosopher autour d'un projet unique : gagner une liberté absolue, faire l'épreuve d'une joie que rien ne puisse ébranler, s'installer dans un bonheur tellement vaste, tellement stable que les limites de la vie ne le contiennent plus, de sorte que la mort, finalement, ne le concerne plus.

Oui, la pensée de Sénèque s'oriente vers notre plus grand confort, elle charrie à grande eau la joie de vivre, elle nous guide vers le plus grand bonheur qui soit. Mais pour y parvenir, elle doit tirer le cœur de la torpeur où il se trouve. À des êtres humiliés par les mesquineries qu'on leur impose au quotidien, à des cœurs rétrécis par l'image dégradée qu'ils ont d'eux-mêmes, il promet de restituer une grandeur qu'on n'attribue qu'aux héros d'exception, une beauté qui semble n'appartenir qu'aux êtres mythologiques. Avec lui, la philosophie devient une voie royale orientée par des ambitions grandioses : devenir *invincible* dans les épreuves, *impassible* face aux émotions, *infaillible* dans sa quête de vérité, *exemplaire* devant l'humanité, et atteindre sans délai une *immortalité* si assurée, si vécue, qu'elle éradique définitivement toute crainte de la mort.

Si ces promesses vous semblent excessives, exagérées ou irréalistes, vous voici là où Sénèque, Lucilius et moi-même vous attendons pour commencer le voyage. Pour ma part, en traduisant les *Lettres à Lucilius*, je me suis découvert de plus en plus sensible à la beauté du chemin où ils nous invitent à les suivre. Au fil des années, j'ai senti la nécessité d'en expliciter les étapes en reformulant cette pensée pour moi-même, pour la reprendre avec mes mots, pour l'interroger avec mes sens, pour la mettre en partage à l'adresse de mes contemporains et la réactiver dans les temps à venir. Dans une approche en quelque sorte *inversée* de l'analyse, ces pensées ont tracé en moi, à force de concepts et d'images, un chemin singulier. Je n'ai pas étudié Sénèque, c'est Sénèque qui m'a étudié. M'emportant dans son sillage, il m'a offert l'occasion d'un examen intime qui, au lieu de me situer en surplomb de son texte, a fait de moi une chambre d'écho comme l'était peut-être Lucilius. Le résultat est un livre où eux, vous et moi nous retrouvons pour réfléchir *ensemble*. En m'effaçant derrière Sénèque, comme lui derrière le stoïcisme, j'espère que chaque lecteur, chaque lectrice, fera l'expérience de ce qu'il y a de plus profond – pas tellement dans la philosophie stoïcienne, ni même chez l'individu Sénèque, encore moins dans ce livre – mais dans les profondeurs merveilleuses que recèlent les multiples dimensions de notre humanité.

Alors, patience. Si cette philosophie vous choque, c'est d'abord qu'elle vise à nous faire traverser nos propres miroirs, à nous initier à une autre forme d'expérience, à faire advenir une nouvelle vie. Peu importe d'où l'on part. Femmes, hommes, enfants, riches ou pauvres, jeunes ou vieux, mourants ou bien-portants, Parthes, Numides ou Romains, l'ambition de restituer une liberté pleine et entière aux humains s'adresse à tous ceux qui sont prêts à faire rayonner la noblesse de leur cœur.

> La philosophie n'est pas un spectacle que l'on donne au peuple ni un ornement de façade fait pour se pavaner ; elle n'est pas faite de mots, mais de choses. On ne s'y livre pas comme à une activité occupant la journée pour dissiper l'ennui qu'on aurait à ne rien faire. Elle forme et forge le cœur, elle met de l'ordre dans la vie, elle oriente les actions, elle éclaire ce qu'il faut faire et ne pas faire, elle s'installe au gouvernail et dirige notre traversée parmi les vagues et les écueils. Sans elle, personne ne peut vivre sans crainte, personne n'est en sécurité. II.16.3.97-98

Les thèses les plus choquantes que Sénèque reprend à ses maîtres ont la dimension d'un appel. Elles requièrent que l'on mobilise contre elles tout ce qui nous vient de nos expériences, de nos souvenirs, de nos références, de nos affects. Elles supposent que l'on apprenne à faire venir au jour nos propres rébellions, à rencontrer nos propres attachements, à regarder ce que nous trouvons en nous-mêmes de moins glorieux : des peurs, des hontes, des enfantillages aussi, des caprices, des dénis. En ce sens, les objections récurrentes que l'on fait sans cesse contre le stoïcisme – c'est trop facile à dire, c'est impossible à faire, c'est trop loin de la vie, ça ne se passe pas

comme ça – sont très précieuses. Elles signalent que nos émotions, nos souvenirs, nos ressentis résistent aux exigences de la philosophie. C'est pour cela qu'il vaut la peine de tenir ferme la main de la raison. Ces résistances indiquent le labyrinthe singulier de nos certitudes intimes, celles où doivent s'introduire ces pensées pour que leur vérité rencontre nos illusions et que nous puissions, peu à peu, les intégrer au plus profond de nous, dans notre cœur, dans notre corps, dans notre propre manière de vivre. « Fais descendre la philosophie jusqu'au fond
II.20.1.113 de tes tripes. »

Dans les profondeurs existentielles où Sénèque nous emporte, nos illusions ne sont pas de simples représentations mentales aussi faciles à corriger qu'une erreur de calcul. Changer son cœur, ou plutôt le soigner, l'amender, lui faire découvrir des perspectives nouvelles, lui apprendre à s'y mouvoir et à émanciper son corps, cela ne se fait pas comme on claque des doigts. Pas même comme on tourne les pages d'un livre. La transformation qu'elles favorisent met au défi un rapport au monde ancré dans de longues habitudes, incarné dans des perceptions très vivaces, compliqué par les associations de la mémoire et les fausses évidences. Le premier pas est sans doute celui-ci : admettre que l'évidence n'épuise pas la vérité, que l'on peut explorer d'autres perspectives sans faire outrage ni à ses peines ni à ses joies, et que le cœur a la force d'interpréter son expérience à plusieurs niveaux, étrangers ou contraires les uns aux autres.

Si Sénèque est un maître exigeant d'abord envers lui-même, ce n'est pas donc pas tellement parce que la philosophie stoïcienne, comme on le dit partout, serait irréaliste. Son exigence vient du fait qu'elle réclame de nous mettre au clair avec nos propres blocages si l'on veut trouver l'angle où sa force puisse nous traverser. Alors, des pensées inexplorées s'introduisent en nous, déjouent l'armure qui est aussi notre prison, puis s'affermissent, grandissent, ouvrent et démultiplient les perspectives jusqu'à faire éclater, enfin, notre propre coquille.

Il n'y a donc rien à acquérir au préalable.
On peut s'embarquer en philosophie même
sans argent pour le voyage. II.17.7.102

I

Invincible

Rencontrer son destin

« Souviens-toi de faire taire
le vacarme des choses. » III.24.12.135

Le règne de la Fortune

Si l'on considère l'ensemble de ce que nous identifions comme les problèmes de notre existence, on s'aperçoit qu'ils se composent principalement de difficultés *matérielles* ou *relationnelles.* Ces deux aspects de la vie sont ceux dont nous parlons presque exclusivement entre nous. Toutes nos plaintes tournent autour, comme aussi nos moments d'intimité, de partage, de conseils. Surtout, ces dimensions de l'existence sont celles où la plupart des gens se sentent régulièrement *pris* comme des poissons dans une nasse.

L'expérience humaine semble donc se définir à partir de contraintes matérielles et d'échanges relationnels brassant en alternance nos plaisirs, nos joies et nos élans d'amour, mais aussi nos douleurs, nos déceptions, nos tristesses, voire nos moments de désespoir. Parce que la donne change tout le temps, ces dimensions engendrent des événements en permanence ; en fait, elles sont le domaine de ce que l'on appelle « événement » dans nos vies. Voilà pourquoi elles ne cessent d'attirer l'attention à elles. Lorsqu'on se demande des nouvelles, on ne pense à rien d'autre. Pleines de rebondissements, elles se laissent raconter très facilement. On a toujours quelque chose à en dire, et le récit de leurs épisodes, avec leurs péripéties, a quelque chose de *captivant*.

En nous laissant captiver, nous nous retrouvons donc à la merci des événements, petits ou grands. Un rayon de soleil nous inonde de douceur – *plaisir*. L'exposition nous brûle d'un coup de soleil – *douleur*. On vise un objectif et on l'atteint – *joie*. On postule à des fonctions, on ne les obtient pas – *tristesse*. On rencontre quelqu'un qui nous plaît – *amour*. La personne nous quitte ou nous malmène – *détresse*. On désire un enfant, il naît – *grand bonheur*. Il est atteint d'une maladie, n'y survit pas – *grand malheur*. Nos ennemis sont repoussés, la patrie ou la Terre sont sauvées – *victoire.* Ils nous capturent, ils nous torturent – *horreur.*

À bien y regarder, toutes les formes d'expériences positives que nous pourrions imaginer ont leurs contraires. Mécaniquement, cela signifie qu'elles augmentent l'exposition de la personne qui les vit à des chutes brutales : il suffit qu'elle soit privée de ce qui lui avait d'abord été donné. Dans cette existence-là, plus on monte haut, plus les risques de tomber augmentent, plus la chute est terrible.

Ce cercle est sans issue. En effet, il n'existe pas d'événement qui permette de sortir du roulement menant de haut en bas, de bas en haut, et ainsi de suite. Cela serait contradictoire : aucun événement ne peut sortir ou faire sortir de l'enchaînement des événements. Les Romains décrivaient ce cercle comme une *roue* que l'on peut d'autant moins empêcher de tourner qu'elle ne se définit que par son mouvement. Son nom ? « *Fortuna* ».

La Fortune est le principe aléatoire de distribution des prétendus maux et des prétendus biens extérieurs. Elle est agitée par un mouvement de balancier que rien ne peut arrêter. Elle introduit dans la vie des humains une instabilité tellement grande que, même s'ils font tous leurs efforts pour se stabiliser, ils ne peuvent se fier à rien.

Bien sûr, on peut accumuler assez d'argent pour n'avoir plus jamais de soucis financiers, mais cela n'empêchera jamais les tragédies familiales. On peut bénéficier d'un amour stable et serein entre partenaires, cela ne protégera personne ni des maladies ni des accidents graves ; dans le malheur, l'amour deviendra la voie par laquelle la détresse de l'un fera le désespoir de l'autre.

Enfin, il faut admettre une évidence à laquelle nous pensons peu : quels que soient les biens dont on jouit dans cette vie, la mort nous demandera d'y renoncer. Oui, quelle que soit la qualité de leur existence, tous les humains devront se séparer de leurs proches, des objets qui racontent leurs histoires, des lieux auxquels ils se sont attachés. Ils découvriront la vérité de cette phrase, l'une des seules qui soient de la plume de Lucilius (Sénèque la cite en soulignant l'admiration que lui inspire la formule) :

> Dans ce que la Fortune te donne, rien
> I.8.10.61 n'est à toi.

Les Romains ne voient pas là un effet incontournable de la vie en général, mais la désignation d'un territoire précis : le règne spécifique de la Fortune. Dans cette dimension de l'existence, tout est très compliqué et même imprévisible.

Énormément d'efforts sont nécessaires pour obtenir ce qu'on convoite, à moins que cela ne vous tombe dessus sans raison avant d'être détruit sans crier gare. L'impossibilité de prévoir les effets de ses actes donne du charme aux réussites – car elles comportent toujours une part de bonne surprise –, mais ces joies-là sont si fragiles qu'il faut se jeter aussitôt dans de nouvelles entreprises et redoubler d'efforts – encore, encore, encore et encore.

Dans ce contexte, inutile de chercher comment conserver ce que l'on a, comment maintenir ou augmenter son pouvoir d'agir, prolonger ses plaisirs, assurer sa sécurité, etc. Tout ce qui monte finit par redescendre, tout ce que l'on acquiert sera repris. Du fait de la mortalité des choses humaines, cette loi ne connaît pas d'exception : un jour ou l'autre, le destin ne vous laissera aucun choix, et il faudra mourir. Vivre sans en tenir compte, c'est simplement se préparer à une mort qui vous privera de tout. Or, vous ne le soupçonnez peut-être pas, mais ce n'est pas le cas de tout le monde. Il n'est pas nécessaire que la mort nous arrache ou détruise tout ce qui compte pour nous. Mais cela suppose de déplacer notre intérêt vers des choses qui ne concernent pas la Fortune.

La cohérence de la nature

Ce que la Fortune n'a pas donné, elle ne
VI.59.18.272 peut pas le reprendre.

Il existe quelque chose que la Fortune ne donne pas, parce que cela ne vient pas d'elle. Cela se décrit facilement par contraste : il s'agit d'un principe à ce point cohérent qu'il est parfaitement constant, et même à ce point stable que les caprices de la Fortune ne peuvent pas le chahuter. Cette autre dimension de l'existence n'est pas moins puissante que la Fortune elle-même, et c'est pour cette raison qu'elle a valeur d'antidote. Sénèque l'appelle « *natura* ».

Cette nature n'est pas fixe comme on le croit, elle n'est pas donnée une fois pour toutes, mais elle a cette propriété qu'elle ne se contredit jamais elle-même. Son propre est l'évolution : comme on passe de l'enfance à l'adolescence, de la jeunesse à la maturité, de la vieillesse au grand âge, la nature opère toutes ses transformations selon des constantes que l'on gagne à connaître si l'on veut vivre autrement qu'en jouet ou en esclave de la Fortune.

Ainsi, là où la Fortune est faite de mouvements contrastés – balancements et chocs brutaux –, la nature, elle, se transforme sans jamais se renier. L'une est très rapide, très spectaculaire, elle déploie sous nos yeux un grand nombre d'événements qui nous réjouissent ou nous attristent, nous ravissent de plaisir ou nous accablent de douleur. Par contraste, la nature suit son propre rythme : on ne peut pas plus accélérer son déploiement que le parcours des astres. Elle est sans surprise, du fait qu'aucun de ses mouvements n'est inédit, de sorte que, même dans les grands drames qu'elle engendre, une personne expérimentée reconnaîtra toujours quelque chose de banal et de familier.

D'ailleurs, dans le latin de Sénèque, la nature ne désigne pas vraiment cette grande géante composée de tous les vivants, tous les paysages, tous les flux de la Terre au sein de laquelle nous nous trouvons ; le terme désigne indifféremment cette Nature-là et la nature de chaque chose, de chaque être singulier, qui accomplissent ce que leur recommande leur propre composition sans avoir rien à demander, rien à apprendre de personne, sans même rien avoir à faire que de *laisser pousser*. En ce sens, la nature est la part des choses que l'on trouve toujours déjà en cours d'évolution, le mystère avec lequel n'importe quelle chose existante se trouve à la fois en contact et en dialogue. Elle a commencé avant nous, elle se terminera après nous, et elle pourrait parfaitement se passer de nous ; mais, pour autant que nous sommes en vie, elle passe précisément par nous.

Cette dichotomie entre deux règnes qui ne sont pas le Bien et le Mal, mais deux lectures du monde en termes d'*événements aléatoires* (la Fortune) et de *déploiement progressif* (la nature), est l'une des trouvailles les plus profondes du stoïcisme. Elle permet de formuler la question de l'esclavage et de la liberté d'une manière tout à fait claire : pour n'importe qui, l'enjeu est de s'assurer que la nature s'épanouisse dans sa vie personnelle, y compris dans un monde traversé d'événements parfois favorables, parfois contraires à elle. Que demande la nature ? Elle nous propose de croître et de nous épanouir jusqu'à atteindre notre perfection, car elle ne laisse rien indéfini et inscrit tous les individus dans des cycles de plus ou moins grande échelle. La Fortune, elle, ne demande rien. Sans intention, sans orientation, elle nous emporte dans des remous aveugles pendant tout l'intervalle de temps qui nous est imparti par la nature.

C'est donc dans la nature que n'importe quel vivant peut trouver des repères pour s'orienter ; c'est elle qui, au milieu des fluctuations et des perturbations de la Fortune, nous enseigne à nous mettre au service de notre propre vie. Vraiment, si nous arrivions à vivre *en cohérence avec la nature*, nous y trouverions un abri qui nous protégerait des aléas de la Fortune : comme le soleil traverse le ciel sans s'embarrasser des nuages parce qu'ils ne se trouvent pas sur le même plan, des humains en cohérence avec la nature ne seraient pas plus exposés aux effets des événements que s'ils leur étaient étrangers ; ils traverseraient la vie tout à fait sereinement. XIV.92.17.532

Mais où aller observer la « nature » pour s'y conformer ? Et quelle « nature » s'agit-il d'observer ? S'agit-il de me mettre en harmonie avec ma nature singulière, ou avec la définition de l'être humain, ou avec une essence plus profonde, plus vaste, peut-être partagée avec d'autres êtres ? Ces questions se posent, évidemment, dès que l'on cherche une nature *prédéfinie*, susceptible de nous fournir une règle à laquelle mesurer nos comportements à venir. Telle n'est pas du tout la proposition de Sénèque. Parce que la nature est avant tout un principe d'évolution, elle n'est en aucun cas observable à l'avance.

Dans le monde chrétien, la Nature sera conçue comme la Création d'un législateur qui en aurait préalablement établi les « lois ». Chez Sénèque, la nature ne s'appréhende pas à partir d'un modèle juridique ; elle est ce dont

parlent la zoologie, la botanique, la géologie.
Son fonctionnement, n'importe qui peut l'ob-
server : elle jette des graines à travers le monde
XX.120.4.744 – par exemple « les germes de la science », ou
XVII.108.8.661 les « graines des vertus » –, et, comme chacun
sait, certaines poussent, d'autres pas.

> Cultivés par un bon jardinier, semblables
> à leur origine, [les germes] poussent puis se
> développent jusqu'à devenir égaux à ce dont ils
> proviennent. Sans soins, en revanche, il advient
> la même chose que dans une terre stérile ou
> détrempée : à la place de belles plantes, il n'y
> VIII.73.16.352 a que les mauvaises herbes qui poussent.

La manière dont vivent les êtres de la nature consiste donc à développer en eux-mêmes ce qui ne s'y trouve qu'en germe, afin de manifester leur nature – y compris à leurs propres yeux, puisque nul ne sait ce qu'il est avant de le mettre en œuvre, autrement dit avant de l'accomplir.

Là où le terme « naturel » s'utilise aujourd'hui pour signifier que quelque chose est fixe, évident, incontestable ou impossible à modifier, en un mot *prédéterminé*, Sénèque introduit la notion d'un accomplissement progressif et, pour cette raison, en partie *hypothétique*. La nature, ça pousse, oui, mais pas à tous les coups ; elle n'est pas rigide comme une loi (voilà pourquoi elle ne fonde aucune prescription que l'on puisse imposer à tout le monde) et elle n'est même pas vivante au sens où le sont les individus, car elle inclut la mort comme la naissance, l'achèvement et le renouveau. Il convient donc de se pénétrer de ce terme : en tant que déploiement progressif, la nature se soucie seulement de *s'accomplir*.

Mirages de l'extériorité

« Très bien, dites-vous, j'ai compris. Assurez-moi les meilleures conditions pour accomplir ma nature, je ferai le reste. Comme une plante a besoin d'un bon sol, d'une bonne exposition, d'une juste quantité d'eau, je vais tâcher de réunir des conditions où je ne manquerai de rien : un habitat confortable, une bonne alimentation, un corps en pleine santé, l'amitié d'êtres bienveillants, la protection contre les pouvoirs hostiles, et vous verrez : je me développerai d'une manière parfaitement cohérente avec la nature. »

Pas du tout. Ces paroles vous emportent dans la direction exactement opposée à celle que pointe Sénèque. Loin d'exprimer un idéal philosophique ou rationnel, elles témoignent de l'immense dépendance que nous avons développée envers les objets *matériels* et *relationnels* que nous considérons comme des biens. Notre attachement à ces objets signale une soumission si complète, si absolue au règne de la Fortune que nous ne parvenons plus à imaginer de quoi la nature pourrait bien se nourrir. Non seulement nos conversations, mais aussi nos rêves et nos espérances sont hantés par les bienfaits de la Fortune. Nos valeurs y sont engluées. Nos ambitions ne savent plus y échapper. Nous considérons comme indispensables, comme les seules sources de vie, comme nos uniques centres d'intérêt, des choses extrêmement instables et impossibles à stabiliser.

En somme, rien n'est plus banal que de définir une *bonne vie* à partir de ses conditions extérieures : nous considérons comme des *privilèges* le fait de jouir de conditions extérieures favorables, et comme des *malheurs* ou des *injustices* le fait d'en être privés. Les malades ? Des malheureux. Les pauvres ? Des misérables. Sénèque, qui fut l'homme le plus riche de Rome avant de céder ses avoirs à Néron, Sénèque, qui écrit à Lucilius pour se préparer à son propre assassinat et au massacre de ses proches, aborde la vie tout autrement.

La dichotomie qui place la différence entre les biens et les maux dans de *bonnes* ou dans de *mauvaises conditions* de vie, autrement dit dans le règne de la Fortune, structure un rapport à l'existence entièrement biaisé. En appelant sur nous la réussite, l'amour, la prospérité, la santé, nos parents nous ont sans doute incités à nous représenter la vie humaine de cette manière-là. Leurs vœux les plus banals témoignent de leur bienveillance, mais cela n'empêche pas qu'ils soient empoisonnés, car c'est en nous communiquant ces désirs qu'ils nous ont livrés pieds et poings liés à la Fortune. En ce sens, observe Sénèque, à proportion qu'ils ont appelé sur nous les bienfaits de la Fortune, « nous avons grandi sous les malédictions de nos parents ». VI.60.1.273

Oui, nous avons appris dès l'enfance à désirer ces choses – ou, pour être précis, à *mal désirer* et à *mal accueillir* ces fameux « biens extérieurs », comme à *mal interpréter* leurs contraires et à mal y *répondre*. L'ordre des priorités s'en est trouvé perverti : nous consacrons une énorme part de notre vie à obtenir ce qui en vaut très peu la peine (sauf comme simples moyens) et à donner si peu de temps au reste que l'on finit par oublier ce que l'on est censé chercher. Parvenus à l'âge adulte, nous conservons encore des goûts, des espérances, des peurs et des caprices

d'enfants. Mais pour des hommes et des femmes dont les attachements entravent la liberté, l'enfance est un nom trop charmant. Il révèle avec quelle complaisance ils aiment leur esclavage, avec quelle tendresse ils le cultivent, avec quelle sollicitude ils le partagent autour d'eux, avec quelle insistance ils s'assurent, par leurs vœux et par leurs caresses, que personne n'en réchappe. « L'esclavage ne tient que quelques hommes, mais
III.22.11.126 beaucoup d'hommes tiennent à leur esclavage. »

En réalité, la Fortune charrie seulement des événements qui constituent des *graines*, rien de plus que des graines que nous laissons ensuite pousser – ou pas ! – en faisant d'elles des occasions de souffrir ou de nous réjouir.

> Tout ce que la Fortune favorise tient sa beauté et sa fécondité – quand c'est le cas – du fait que l'on est en possession de soi-même au lieu d'être au pouvoir des choses. Car c'est une erreur, Lucilius, de rendre la Fortune responsable de quoi que ce soit, bien ou mal, qui nous arrive. Elle fournit seulement la matière des biens et des maux, les germes qui deviendront
> XVI.98.2.600 en nous des choses bonnes ou mauvaises.

Au cœur du règne de la Fortune, Sénèque identifie ici les éléments – des graines, évidemment – où la puissance évolutive de la nature continue de s'exprimer. Cette métaphore souligne qu'aucun événement, aucune chose extérieure, aucun bien ou mal ne nous touche que par la manière dont nous y répondons : voilà le deuxième grand enseignement stoïcien. Il consiste à défaire l'articulation mécanique – que nous savons théoriquement fausse, mais que nous ne cessons d'affirmer par notre manière de vivre – entre les *objets* et les *ressentis*, autrement dit entre les mouvements de la Fortune bonne ou mauvaise, favorable ou hostile, et les états de celles et ceux qui y sont exposés, heureux ou malheureux. Avec un peu d'observation en soi et autour de soi, n'importe qui reconnaîtra que la proportion entre les *conditions* de vie et la *qualité* de vie est loin d'être constante. On peut être triste et en bonne santé, riche et malheureux.

Dans ces conditions, notre tendance naturelle vers l'accomplissement se trouve un peu déboussolée. Et tandis que nous ne savons plus corriger la situation, Sénèque place cette observation, parmi les plus frappantes de toutes les *Lettres* :

> Chacun est aussi malheureux qu'il le croit. IX.78.13.392

Avant de nous précipiter vers des solutions faciles et des culpabilisations brouillonnes (*voyez le verre à moitié plein ! c'est vous qui vous rendez malheureux !*, etc.), il convient de comprendre cette phrase un peu précisément. Sénèque pointe du doigt, si l'on peut dire, une *bulle de croyances* polarisées en « biens » et en « maux » dans laquelle chaque être humain évalue sa propre vie. La manière dont il appréhende les biens et les maux définit sa propre cellule, la forme exacte de son malheur, mais aussi l'ampleur de son esclavage. Cette bulle de croyances, personne d'autre ne la voit, personne d'autre ne la comprend. De l'extérieur, nous ne percevons les uns des autres que nos conditions de vie. Et depuis sa propre place, chacun prend ses croyances – surtout celles qui lui font le plus mal – pour des réalités.

Ainsi, avant d'envisager ce qu'est la liberté ou ce qui rend la vie digne ou indigne d'être vécue, cette phrase incite à aborder avec respect les difficultés de chaque individu, y compris les siennes, en considérant tout l'*environnement sensible* qui les fait naître.

Dans ce contexte, une partie de ce que nous attribuons à la Fortune doit être mieux examinée. Car si Sénèque propose de nous réveiller de notre fascination pour les objets extérieurs, ce n'est pas pour leur substituer un monde « intérieur » où tout serait parfait, comme si la nature parlait en nous d'une voix claire, comme s'il suffisait de se reprendre en main dans une grande inspiration, comme si l'individu était un refuge à lui-même. C'est tout l'inverse : les croyances de chacun déterminent et circonscrivent une bulle singulière où se joue l'intensité de son malheur.

Lorsque l'on commence son chemin vers la sagesse, revenir naïvement à soi-même est la pire des idées. « Tu n'es pas en mesure de croire sans délai et sans résistance ce qui vient II.16.2.97
de toi. » « Pour le moment, tu ne sais rien de toi, sauf ce que tu en crois – par les autres. » IX.80.10.407
« Tu ferais mieux de te retirer hors de toi-même [...]. En toi, tu es trop près d'un vaurien. » III.25.7.142
Si l'on veut découvrir de vrais biens, mieux vaut avancer prudemment et, d'abord, se méfier de ce que l'on considère comme *soi-même*.

Brouillards de l'opinion

> Tout dépend de nos croyances. Elles n'alimentent pas seulement le goût du pouvoir, des plaisirs ou de l'argent ; ce sont aussi nos croyances qui nous font souffrir. IX.78.13.391-392

Ces lignes ne suggèrent pas qu'il *suffise* de changer nos croyances pour aller mieux, comme si cela était facile. Elles proposent une transformation très difficile à opérer, qui consiste à déplacer la séparation entre les « biens » et les « maux » depuis l'extériorité où nous sommes enfermés (le règne de la Fortune) vers des prisons immatérielles dont nous connaissons d'autant moins les frontières que nous y adhérons aveuglément, et dont nous avons d'autant plus de difficultés à nous défaire que nous sommes amoureux de nos chaînes. Si nous voulons ouvrir nos propres prisons, nous devons procéder avec un outillage précis, sans nous attaquer frontalement aux choses extérieures qui nous incommodent – le manque d'argent, l'insécurité, les espérances frustrées, le temps qui passe, la hantise de la mort –, c'est-à-dire, pour commencer, sans cacher nos terreurs ni à nous-mêmes ni aux autres.

À la place, installons-nous résolument dans cet environnement hostile, et commençons à mieux scruter la bulle. L'outillage qui permet de l'examiner suppose d'affiner nos manières de parler. En effet, le terme que j'ai traduit par « croyances » désigne des *représentations fausses* qui déforment notre expérience, en lui ajoutant des *images* qui ne viennent pas des choses mêmes, et qui déterminent de notre part des *réactions inadaptées*, de sorte que ce sont à la fois nos erreurs, nos images et notre inadaptation qui nous font souffrir. En latin, le terme qui nous jette dans ce cauchemar est celui d'*opinio*. Il y a là une manière antique de concevoir les choses qui mérite explication, car elle est assez éloignée de la nôtre.

En effet, lorsque nous attribuons des « croyances » aux individus, nous considérons qu'ils effectuent un geste intellectuel consistant à affirmer quelque chose et à adhérer à ce qu'ils affirment. Cette approche est centrée sur un individu censé penser par la seule action de son esprit, de son cœur ou de sa volonté. Elle rend chacun d'entre nous *directement* responsable de ses propres représentations, ce qui a un inconvénient évident : ses croyances, personne ne se les met dans la tête absolument tout seul. Elles s'appuient sur des jeux d'alliances et d'exclusions qui déterminent des rapports de fidélité et de loyauté tellement complexes que nous en avons rarement conscience.

En parlant d'*opinio*, le monde antique est plus réaliste. Ce terme ne désigne pas tout à fait une « croyance » (un geste individuel d'adhésion), ni même un « préjugé » (un terme qui fait confiance aux jugements informés pour dissiper nos erreurs), encore moins une « manipulation » (qui destitue chacun de la responsabilité de ses propres idées pour l'attribuer à un complot). Une *opinio*, c'est plus précisément, plus simplement, *ce que l'on dit et que je répète.*

La manière antique d'aborder nos représentations fausses met donc l'accent sur ce que nos erreurs comportent de conformisme. Cela signifie que nous ne sommes pas si isolés qu'il semble dans nos bulles de souffrance, bien que chacune d'entre elles soit singulière. À bien y regarder, nous n'y sommes même pas *définis*. Une *opinio*, je la trouve en moi, mais elle ne vient pas de moi, ni même de l'extérieur, car en réalité elle brouille la différence entre les deux, elle nous place dans un état d'*indistinction*, elle est ce qu'affirme un sujet *indéterminé*. Voilà pourquoi elle referme sur moi un piège qui se décrit comme un cercle vicieux : plus une opinion est forte, plus elle m'efface. Et plus elle m'efface, plus je m'y attache.

Ce point est essentiel. Une opinion ne s'attribue pas, elle s'attache aux êtres humains en empêchant leur nature rationnelle de s'exprimer, tout à fait comme une ombre entrave le développement d'une plante. Mais plus nous nous sentons entravés, plus le sentiment de notre existence s'appuie sur nos entraves, un peu comme si une plante fragile confondait sa propre force avec la solidité du tuteur qui, justement, lui fait de l'ombre.

Oui, l'opinion dissout mon existence au point que celle-ci devient littéralement dépendante d'elle : il m'est alors insupportable qu'on la questionne, qu'on la chahute, qu'on en doute, car je ne peux plus accepter aucune distance d'avec elle ; à mes yeux, cela reviendrait à me mettre en danger moi-même. Pourtant, l'*opinio* ne désigne rien d'autre que ce qu'*on* dit, ce qu'*on* croit, ce qui passe à travers moi en perturbant la clarté et la cohérence entre mes pensées et mes perceptions, ce qui me laisse incapable de constituer mes propres idées et d'élaborer mes propres réponses.

En somme, par le terme d'« *opinio* », la pensée antique souligne le caractère collectif de nos erreurs ; par le terme de « croyance », la pensée moderne souligne surtout l'attachement singulier qu'elles expriment. Ce qu'il faut retenir de ces nuances, c'est que la personne humaine ne se trouve pas au centre de ses propres « croyances », comme nous avons tendance à le croire, et qu'au contraire, nous sommes surtout *victimes de nos opinions*, idées bancales qui circulent entre les gens dans les conversations les plus courantes au point que « c'est par eux que les vices se transmettent : ils se les passent les uns aux autres ». XX.123.8.769

À bien y réfléchir, l'idée que nous devrions *sortir* de notre prison se révèle donc inexacte. L'être humain a d'autant moins besoin de s'échapper de lui-même qu'il est ouvert à toutes les pandémies d'erreurs et de conduites déplacées. Il est plus exact de considérer que nous sommes égarés

à l'extérieur de nous-mêmes. Voilà pourquoi
Sénèque parle d'esclavage et rarement d'em-
VIII.70.24.330 prisonnement : notre prison n'a pas de murs.

En définitive, ce que nous considérons comme une prison intérieure de pensées et d'images dont il nous faudrait sortir se range parmi les illusions qui nous orientent dans la mauvaise direction. En effet, quand on se croit enfermé, on ne pense qu'à s'évader ; or notre indistinction constitutive ne se soignera pas en s'échappant d'elle-même. Nos difficultés procèdent de notre propre extériorité à nous-mêmes, liée à un conformisme des corps, des images, des idées et même des émotions ou, pour le dire autrement, de notre identification brouillonne à des conceptions vagues, à des élans incertains, à des plaisirs ambigus, à des états instables. Sur ces fondements, la question « Comment *s'accomplir* ? » peut donc être reformulée comme ceci : « Comment *s'appartenir* à soi-même ? »

Vers l'intériorité

Le défi est d'autant plus grand que l'intimité de nos propres pensées, la familiarité de notre propre corps, la sincérité de nos propres émotions ne nous sont pas acquises. Comment reprendre la main sur les pensées qui se bousculent en désordre dans ma tête, prolongeant les opinions que j'ai entendues, les discours qu'on m'a tenus ? Comment faire que le bel et noble animal que j'appelle mon corps soit véritablement à moi, c'est-à-dire qu'il cesse d'obéir aux injonctions des foules et aux caprices de l'instant pour se mettre à l'écoute de ses propres besoins ? Comment accueillir mes émotions pour qu'elles ne se retournent pas contre mes intérêts, qu'elles n'engendrent pas des paroles et des actes qui me déchirent et qui fassent souffrir mes proches ? Ces questions, auxquelles nous sommes reconduits tout au long de la vie, se ramènent à une seule : cette vie-là, *de qui est-ce la vie ?*

De personne, tranche Sénèque. Une vie d'esclave n'est la vie de personne. Ceux qui vivent de cette façon sont « morts avant d'être morts ». VI.60.4.274
Cet esclavage, c'est la mort. À se laisser vivre dans l'inconscience et l'incurie, on transforme l'existence en une longue agonie.

Pourtant, quelque chose vit ou demande à vivre en chaque individu. Mais c'est en admettant que ce quelque chose est d'abord indéterminé, que ce n'est pas d'abord « moi, je vis, moi, je veux vivre », que les événements de la Fortune vont prendre un autre aspect. Bien sûr ! La vie n'est à personne, *votre* vie n'est à personne. Dans ce contexte, peu importe que vous ne vous apparteniez pas. Car nous ne sommes toutes et tous que des graines d'hommes et de femmes qui ont encore à s'accomplir. Par conséquent, nous ne pouvons nous appartenir qu'en arrachant nos idées au règne des opinions, ce qui signifie revenir à des sensations, des émotions et des comportements en cohérence avec la nature. Mais il ne suffit pas de le vouloir pour y parvenir. Nous sommes emportés dans des mouvements d'opinions si puissants, si aveuglants, que la nature ne nous apparaît jamais clairement, *sauf* dans les graines que nous jette la Fortune, lesquelles rencontrent en nous d'autres graines avec lesquelles elles s'associent.

C'est ici qu'a lieu un important basculement – même si, pour l'opérer, il faut s'y *exercer*. En effet, dès lors que l'on accepte de s'installer dans son indétermination fondamentale, il devient évident qu'il faut une matière sur quoi s'appuyer pour en sortir. Loin que la Fortune nous dérange et nous perturbe en permanence, c'est elle qui la fournit. La matière où se fabrique notre liberté, c'est celle que ne cesse de charrier le *grand n'importe quoi* de l'expérience. Là, il nous appartient de déterminer comment les graines de maux et les graines de biens dont la Fortune nous bombarde pourraient alimenter la graine d'humain que nous sommes.

Si l'on admet que rien de ce que nous croyons de nous-mêmes n'est pertinent, si l'on renonce même à connaître intellectuellement cet être-là (« moi », ou plutôt les images de « moi ») et que l'on accepte d'en faire l'épreuve dans la pratique, on voit s'ouvrir un espace indéterminé dont les contours ne sont pas définis par les aléas de la Fortune ou par les certitudes de l'opinion, tout simplement parce qu'ils ne sont pas définis du tout. Dans cette nouvelle perspective, n'importe quel événement est une manière pour moi de faire l'épreuve de mon existence et de déterminer ce que je suis. Ce vide, cette absence, cette ouverture désignent la liberté.

Cela signifie que, contrairement à une association trop facile, la distinction entre Fortune et nature *ne* recoupe *pas* la division entre extérieur et intérieur, le monde et moi. En effet, il n'existe nulle part d'intériorité prédéfinie où nous puissions nous mettre à l'abri pour écouter la voix de la nature. L'intériorité n'existe pas comme une réalité constituée. Lisez plutôt ceci :

> Toute joie qu'on introduit de l'extérieur manque de fondations ; celle dont je parle, celle à laquelle j'essaie de te conduire, est solide et se déploie vers l'intérieur. III.23.5.129

N'est-ce pas frappant ? Lorsque Sénèque oppose deux types de joies, l'une qui est fragile et l'autre solide, il mobilise d'abord celle qui vient « de l'extérieur » (où l'on reconnaît le règne de la Fortune), de sorte qu'on attendrait, en contraste avec elle, celle qui vient « de l'intérieur ». Pas du tout ! La joie véritable ne provient pas de là, au contraire, elle « se déploie *vers* l'intérieur ». Autrement dit, aucune joie ne trouve à proprement parler son origine dans notre intériorité, puisque c'est toujours *vers* cette intériorité que se dirige le mouvement de déploiement de la nature. Chez Sénèque, l'intériorité n'est donc *jamais* une origine : il n'existe pas d'intériorité topique. Cela lui permet d'énoncer un conseil très clair :

I.7.12.58 Verse tes biens vers l'intérieur.

Cette précieuse recommandation indique le mouvement par lequel on *engendre* une intériorité qui ne préexiste pas à nos efforts. Une forme d'existence subjectivement vécue requiert qu'on la *collecte* à partir des événements qui tournoient autour de nous. Il ne s'agit pas de construire son image de soi, il s'agit plutôt de percevoir ce qui s'exprime de nous – la vérité qui éclate dans nos actes – à toutes les occasions que nous offre la Fortune. C'est de cette manière-là que « le cœur
VII.69.1.320 se rassemble ». Par là, tout ce que nous apportent les épreuves de la vie – soit dans l'effort et la

souffrance, soit dans l'élan et le plaisir – s'oriente en fonction d'un horizon intérieur qui le convertit en occasion de liberté, dans la mesure où nous ne cessons jamais de nous voir nous-mêmes en train de répondre à la fois aux événements et à la question : « Qui suis-je ? »

À bien y réfléchir, la métaphore spatiale entre un « dedans » et un « dehors » ne vise qu'à exprimer l'*écart vécu* entre ce que je perçois comme mon corps et les autres corps, ou ce que je ressens comme mes émotions, mes pensées, mes espérances et celles des autres. Ainsi, ce que l'on désigne comme un « dedans » n'est pas un lieu qui se trouverait à l'intérieur de ma peau, mais une différence perçue dans le cours du monde, celle qui ne *répond* pas mécaniquement aux mouvements du « dehors ». C'est par ce mouvement que l'on peut s'approprier progressivement soi-même. Voilà pourquoi cette intériorité n'est pas donnée d'avance, mais se constitue bel et bien comme une direction vers laquelle nous tourner dans un mouvement où se joue notre liberté.

La double épreuve de vivre

Dans ces conditions, il n'est plus possible à aucun événement de m'empêcher de répondre.

À proportion qu'ils deviennent des étapes où nous nous découvrons nous-mêmes, les aléas de notre vie cessent d'être perçus sur un mode passif. Même si cela demande beaucoup d'habileté, aussitôt que l'on verse la force des événements vers l'intérieur, on fait fructifier un certain « bien » que la Fortune ne peut pas donner elle-même, produit par notre propre mouvement vers l'émancipation. Comment ? Si l'on veut explorer cette nouvelle dimension de l'existence, il faut cesser d'opposer la Fortune et la nature pour explorer la perspective ouverte par chaque événement. Cela revient à l'appréhender sous la catégorie fondamentale d'*épreuve*. En effet, toute expérience est à la fois un *appel* et un *défi* : le défi de surmonter les aléas de la Fortune, l'appel de la nature qui tend à se déployer d'une manière conforme à elle-même.

Avec le concept d'épreuve, la Fortune cesse donc d'être notre adversaire ou notre ennemie ; elle devient pourvoyeuse d'occasions contrastées qui nous permettent de nous définir à partir des événements. Elle peut nous contrarier, nous décevoir, nous frustrer, nous violenter, mais elle ne peut pas cesser de nous alimenter en graines, c'est-à-dire en événements dont la valeur n'est qu'en germe et qui, pour cette raison, révèlent la marge d'incertitude nous permettant d'aller à la rencontre simultanée du monde et de nous-mêmes – autrement dit, d'accomplir la nature à mesure que les germes croissent ou meurent.

En ce sens, qu'il s'agisse de bonnes pousses ou de mauvaises graines, c'est-à-dire d'occasions de joie, de tristesse ou de souffrance, aucun mouvement de la Fortune ne diminue l'ampleur de la liberté. Au contraire, en la nourrissant d'épreuves, elle lui fournit ni plus ni moins sa matière. Sans l'alternance des nuits et des jours, de la pluie et du beau temps, aucune plante ne pousse ; de la même manière, les aléas de la Fortune – jusqu'aux drames les plus tragiques, les plus indésirables de nos vies – fournissent les aliments dont se nourrit notre existence.

On aperçoit ainsi un point de vue où tous les événements, les meilleurs comme les pires, reviennent au même : dans la mesure où ils constituent des épreuves, ils ne cessent jamais de solliciter notre ignorance de nous-mêmes, et de nous proposer de mettre en œuvre notre liberté. La notion d'épreuve nous permet donc de renverser une fois pour toutes notre soumission passive à la domination de la Fortune, et de nous orienter en direction de la nature : il s'agit d'embrasser *à tous les coups* ce à quoi la vie nous appelle, mais dont nous n'avons aucune idée. En ce sens, notre lucidité quant à notre ignorance fondamentale (*qui suis-je ? qu'est-ce qui se passe ? comment mes semblables peuvent-ils se comporter ainsi ?, etc.*) doit éclairer notre chemin, en concentrant notre attention sur le lieu où nous pouvons faire parler la nature plutôt que l'opinion. Alors, le mouvement vers une intériorité pragmatique, active, dynamique, remplace la *réaction* mécanique aux événements extérieurs, qui nous traverse sans nous construire, par une *réponse* où notre liberté se rend perceptible à elle-même, en orientant notre comportement vers la meilleure version de nous-mêmes.

Bien entendu, l'ambivalence fondamentale des épreuves n'efface pas la différence entre des situations agréables, joyeuses, délicieuses, gratifiantes, etc., et celles qu'on préférerait ne jamais vivre : les agressions, les tortures, les impasses, la détresse, etc. Cet écart gigantesque impose de souligner la différence entre deux types d'épreuves, ou plus exactement deux manières d'employer ce mot.

Pour celles qui sont agréables, *éprouver* signifie simplement se percevoir soi-même et sa propre existence par des sensations, des émotions qui vont dans le sens de la nature. Néanmoins, éprouver du plaisir et de la joie implique tout de même une dimension de défi. Il est difficile de se réjouir sans se laisser *emporter*, autrement dit sans que l'image de soi n'enfle au point que l'on adopte des comportements imprudents, arrogants, égoïstes ou ingrats, de sorte que ces attitudes finissent par se retourner contre soi. Souvent, la roue de la Fortune ne bascule pas toute seule : nous préparons activement nos propres douleurs, soit par notre obstination à trouver le plaisir, soit par notre aveuglement devant son instabilité.

Plus délicat encore, il est presque impossible de se réjouir sans *s'attacher*, car cet attachement nous met en danger de perdre ce à quoi nous tenons. C'est en voulant prolonger nos joies ou conserver ce que nous avons que nous nous exposons de nous-mêmes, et cette fois-ci délibérément, au pouvoir de la Fortune. Nous n'utilisons alors nos moments de liberté que pour reprendre et affermir les chaînes de notre esclavage.

Le défi que constitue l'épreuve des choses « préférables » consiste donc à *ressentir* les bienfaits de la Fortune, oui, mais d'une manière qui les maintienne dans les limites de ce qu'ils sont : de purs et simples moyens pour *s'accomplir* en tant qu'être humain multidimensionnel, appelé à vivre toutes sortes de choses et à faire l'expérience de toutes sortes d'états. Ces épreuves requièrent ainsi d'admettre de plein gré l'existence de *limites*. En ce sens, toute expérience atteint sa perfection au moment où elle atteint son terme : c'est alors qu'elle est accomplie.

Les expériences désagréables, en revanche, pénibles ou franchement atroces, constituent des épreuves en ceci que l'on ne peut en réchapper qu'en les traversant. Comme précédemment, il s'agit de nous approprier nous-mêmes, mais cette fois-ci *à vents contraires*. Les expériences de la douleur, de la violence, du malheur ou de l'injustice sont par définition opposées à nos préférences, à nos opinions, voire aux intérêts du corps, et contraires à notre nature. Ce qu'elles comportent de défi est évident : symétriquement aux autres, ces épreuves requièrent de souffrir sans *s'effondrer*, autrement dit sans laisser croître les graines de la souffrance au point qu'elles deviennent des atteintes tellement graves que l'on y détruit son propre rapport à soi. Pourtant, cette catastrophe n'est possible que si l'on adhère activement aux images qui nous viennent de l'extérieur, qu'on les adopte comme des croyances. Pour protéger la nature en soi-même, il vaut la peine d'apprendre à empêcher ou à contrarier notre disponibilité au mal : tel est l'objectif de la philosophie.

Plus difficiles encore, ces épreuves-là imposent de se *détacher* de ses sensations et de ses émotions, afin que les tortures infligées au corps, par exemple, ne détruisent pas les qualités du cœur fidèle à ses alliés, ou que la douleur d'une perte ne conduise à des comportements désespérés. En ce sens, les épreuves les plus exigeantes de la vie signalent la nécessité de nous accomplir dans la *distance* d'avec notre propre expérience.

Ces attitudes dans les épreuves constituent des exploits très difficiles à accomplir ; mais cela signifie simplement qu'ils ne peuvent pas s'improviser, qu'ils nécessitent de l'entraînement. Or la vie *est* cet entraînement. Des exercices, la Fortune ne cesse jamais de nous en fournir. Ainsi, on ne commence à se mettre en route vers de nobles et belles actions qu'en admettant que les épreuves, heureuses ou malheureuses, agréables ou pénibles, signalent l'entière disponibilité de la Fortune à notre déploiement. Aux êtres qui ont conscience de l'ambivalence des événements, la Fortune n'ordonne rien, elle propose seulement. Elle ne les domine pas, car ils ne lâchent jamais le gouvernail qui oriente tout ce qu'elle produit, et c'est de cette manière qu'ils mobilisent la souveraineté de la nature et qu'ils se l'approprient.

En définitive, cette réflexion sur les épreuves déplace la différence entre les biens et les maux depuis le règne de la Fortune et de l'opinion vers la réalité de nos propres réactions : c'est là, c'est par elles, que nous nous définissons nous-mêmes. Nous pouvons transformer un bienfait en catastrophe ; inversement, une réponse adaptée peut transformer des violences en tremplin. Si la différence entre les biens et les maux a un sens, elle concerne donc uniquement nos *réponses* aux mouvements de la Fortune, où se joue notre degré de cohérence avec la nature.

> Un mauvais cœur tourne tout en mal, même ce qui lui arrive sous le meilleur aspect.
>
> Inversement, un cœur droit et entier corrige les épreuves de la Fortune : en sachant comment les supporter, il assouplit les duretés et les rugosités. La prospérité, il la reçoit avec gratitude et modestie ; les épreuves, il les accueille avec constance et bravoure ; les unes
> XVI.98.3.601 et les autres, à égalité.

Attention de ne pas retourner trop vite ce jugement contre nous-mêmes : lorsqu'elle est bien comprise, l'idée que notre cœur convertit en biens ou en maux les événements instables de la Fortune n'alimente pas l'auto-culpabilisation, car le « mauvais cœur » est avant tout entravé dans l'expression de sa nature : c'est un cœur malade sur lequel pèsent des opinions, des habitudes, des élans détournés de leur voie. Chacun peut donc s'irriter contre soi, oui, dans le cadre d'une lutte contre ce qui l'entrave, mais jamais s'en vouloir de sa propre nature. Inversement, le « cœur droit et entier » n'est maître de sa force qu'en ceci qu'il fait tourner en bien les événements : sa droiture ne se trouve pas d'abord en lui, il en *fait l'épreuve* justement en ceci que les événements le révèlent à lui-même.

Survivre à ses détresses

Nous voici donc au seuil de l'*invincibilité* que Sénèque nous a promise. Lorsque l'on sait que la nature n'est jamais *vaincue*, même les épreuves les plus graves changent d'aspect. Comme un vaillant gladiateur frappé au visage met d'abord genou en terre, puis se redresse, on tombe sans s'effondrer aussi longtemps que l'on garde rivée au corps la conviction que *rien* ne peut entraver la liberté ; que tout l'invite à s'exprimer, y compris lorsqu'elle n'a rien d'autre à faire que de prendre patience et d'être confiante en la capacité de repousse propre à la nature.

Devenir *invincible*, cela ne signifie donc pas que l'on ne puisse plus jamais vivre d'épreuves pénibles ni connaître l'épuisement, mais qu'aucune blessure ne puisse être interprétée comme un *mal passivement reçu* de l'extérieur, ni comme une faute dont nous serions *irréparablement coupables*. Il s'agit de comprendre qu'absolument toutes nos épreuves comportent la dimension d'un exercice, d'un entraînement, d'un apprentissage progressif, et que, de cette manière, elles ne peuvent qu'augmenter notre liberté.

Bien sûr, à la moindre surprise, au moindre choc, l'illusion que les choses se passent *mal* s'impose à nous, du fait que nous n'engendrons pas nous-mêmes les événements de la Fortune. Pourtant, en les « versant vers l'intérieur », nous comprenons qu'ils nous *dessinent* au lieu de nous abîmer. Car c'est de nous, de nos réponses, qu'ils reçoivent leur valeur. Si nous répondons aux coups de la Fortune conformément à la nature, cette nature elle-même se révélera toujours en train de se développer à travers n'importe quel événement.

Ainsi, mieux on perçoit le mouvement par lequel notre propre existence apprend à s'aligner avec la nature, plus notre expérience se révèle à nous comme une sorte de navigation où les événements ne peuvent jamais vraiment *mal tourner* : ce sont seulement les conditions de la navigation qui changent. Alors, nous pouvons maintenir notre cap à travers les pires tempêtes et, de cette manière, apprendre à devenir de bons pilotes.

Bien sûr, chaque individu a l'expérience, à l'échelle de sa propre vie, de grands malheurs qu'il lui est impossible de reconnaître simplement comme des exercices, encore moins des bienfaits. Dans notre parcours, certaines épreuves sont vécues comme des injustices, surtout celles qui ne sont pas les conséquences de nos propres choix, celles qu'on ne peut pas rattacher à des décisions personnelles, celles qui apparaissent comme des accidents immotivés, injustifiés, immérités. D'ailleurs, les souffrances qui viennent de nos erreurs s'aggravent, elles aussi, par les regrets, par la honte ou par la haine de soi. Est-ce qu'à vouloir « positiver » à tout prix les violences, on ne se ferait pas à soi-même une violence supplémentaire ? Est-il interdit de se demander « Pourquoi ai-je été si bête ? » ou « Pourquoi dois-je subir ça ? » ?

Si ces questionnements sont erronés, c'est que la Fortune impose des mouvements ondulatoires à tout le monde, quoi qu'il arrive, sans distinction. Elle nous propose à toutes et à tous des épreuves qui sont des exercices – plus ou moins agréables, plus ou moins pénibles – pour notre propre développement. Pourquoi nous plaindre du cours des événements s'ils sont tous, sans exception, proposés au déploiement de notre valeur, destinés à nous permettre de rayonner de tous nos feux ? Nous pouvons faire valoir nos préférences en restant convaincus qu'aucune épreuve, si évitable ou si tragique qu'elle soit, n'est humiliante ou punitive : il s'agit d'apprendre la liberté qui nous est naturelle. Et plus nos épreuves sont pénibles, plus elles réclament de transformations, plus ces transformations nous imposent de nous tourner vers la nature pour y trouver le diapason de leur valeur – et de la nôtre.

En définitive, les tragédies les moins désirables, les vies en apparence détruites, les destins brisés nous incitent à ne pas rester prisonniers des schémas de vie prédéfinis par les fantasmes de l'opinion. Nous nous en voulons facilement de n'avoir pas la même vie que les autres ; nous reprochons aux destins de nous infliger telles ou telles épreuves qui sont épargnées à d'autres. Ces pensées signalent la terrifiante puissance de l'*opinio*. Notre conformisme, c'est-à-dire notre rage de nous comparer les uns aux autres, empêche chacune et chacun d'entre nous d'embrasser sa trajectoire comme un *destin*, c'est-à-dire comme un lieu d'expression de sa valeur.

Pour briser ce conformisme, Sénèque prend beaucoup d'exemples de bonheur et de sagesse dans la période des guerres civiles. Ce n'est pas qu'il ait une attirance particulière pour les situations violentes : c'est seulement que, lorsque les « préférables » ne sont pas réunis, la beauté d'un destin librement vécu n'en est que plus spectaculaire. En effet, l'un des plus grands mystères de la nature tient à ceci que les événements les plus pénibles contiennent une intensité ambivalente qui finit par se retourner, laissant la valeur humaine briller de tous ses feux – à condition qu'on y exerce sa liberté.

Comment la liberté rend invincible

Désormais, la liberté nous apparaît comme un travail consistant à répondre à toutes les rencontres de la Fortune, de manière à nous y développer par enracinement dans la nature. Cela impose une torsion assez forte à notre conception moderne de la liberté : nous avons tendance à la concevoir de manière très individualiste, comme un certain pouvoir d'agir s'exerçant depuis un centre (« moi ») vers un monde qui se trouverait en face ou en périphérie. Dans la conception de Sénèque, la liberté trace son chemin à mesure que la nature pousse, à partir de n'importe quoi, selon les événements, puis elle se verse ensuite vers l'intérieur, depuis des sources toujours décentralisées.

De plus, nous avons tendance à concevoir la liberté comme une capacité de choix qui s'exerce sur une variété d'options. Mais, dans la pensée de Sénèque, notre liberté ne consiste jamais à imposer nos désirs à une Fortune rebelle : les ambitions satisfaites, les désirs exaucés, les rêves d'enfant réalisés désignent au contraire les *bienfaits* de la Fortune qu'on doit accueillir avec gratitude, mais jamais sans se méfier, car ils nous font courir le risque de nous enferrer aussitôt dans notre esclavage – par orgueil, par imprudence, etc. – et d'être ensuite surpris de tout perdre.

Ces réflexions permettent de reconfigurer l'opposition classique entre la liberté, entendue comme une capacité d'autodétermination des individus humains, et le destin, entendu comme un ensemble de mouvements de grande échelle sur lequel les individus n'ont pas prise. En effet, la liberté apparaît désormais comme un geste de transformation par lequel les hasards de la Fortune perdent de leur absurdité, car leur fonction n'est autre que de nous défaire d'un mode d'existence flou, où nous nous noyons dans les flots des images et des opinions, pour nous faire entrer dans un jeu d'épreuves et de réponses successives. Au fur et à mesure de ces épreuves, nous apprenons à nous mettre au clair, à apparaître dans le monde, à nous rendre visibles aux autres et cohérents avec nous-mêmes – ce qui signifie trouver et retrouver le diapason de la nature.

Dans cette perspective, les aléas de la Fortune, bons ou mauvais, se révèlent non seulement *équivalents*, dans la mesure où ils nous offrent des occasions d'accomplir une nature qui nous inclut et nous dépasse, mais ils sont convertis, par notre disponibilité à apprendre et notre volonté de faire au mieux, en une Providence qui nous pourvoit en aliments de liberté avec une abondance sans faille. Avec cette puissante conception, la Providence se définit comme le contraire d'une Fatalité qui s'imposerait de l'extérieur : elle désigne plutôt le produit de la *rencontre* entre le caractère aléatoire des événements et le lent déploiement de la nature en chaque individu. Loin de s'opposer, la liberté et la Providence finissent donc par apparaître très exactement en proportion l'une de l'autre : plus notre liberté s'exprime dans nos attitudes, nos gestes, nos actes, plus la Providence nous devient perceptible. Il ne s'agit pas d'une divinité exigeant que l'on « croie » en elle, car elle n'est ni *donnée* ni *construite* : elle *pousse* naturellement à mesure que notre liberté s'exerce. Accueillir la Providence, c'est donc perdre l'habitude de juger immédiatement une expérience, pour s'ouvrir à un rapport à l'existence où rien de ce qui nous est simplement *donné* n'a de valeur en soi. Encore faut-il le cultiver, le faire grandir et, à l'épreuve des circonstances, l'accomplir et, grâce à lui, s'approprier soi-même.

En définitive, sitôt que l'on perçoit que ce monde d'apparence chaotique répond aux nécessités du lent déploiement de la nature, il nous devient possible d'accueillir toutes nos épreuves comme des *formes d'expérience* à contempler tout simplement à la manière dont on s'étonne des nuages, des rochers, des plantes, élaborations passagères, injustifiées et injustifiables. En ce sens, voir la beauté profonde de la nature, ce n'est pas s'émerveiller des papillons et des oiseaux, mais accepter d'*apprendre* d'elle ce qu'est la beauté. Ni la vie ni la nature ne sont belles parce qu'elles se plient à nos préférences ou lorsqu'elles sont conformes à nos critères, mais parce qu'elles se déploient souverainement, et qu'elles offrent à notre liberté l'occasion de le faire avec elles.

II

Impassible

Savourer le bien

« Apprends à te réjouir. » III.23.3.128

La course et la stabilité

Le chapitre précédent a permis d'ouvrir une perspective précieuse, où l'écart entre toutes les situations, prétendument bonnes ou mauvaises, apparaît négligeable. Plus nous devenons sensibles à la dimension de l'existence où la nature cherche à se déployer à travers nous, plus nous nous découvrons invincibles face aux événements et même volontaires pour les vivre, quels qu'ils soient. Qu'importent les coups et les caresses de la Fortune : pendant que sa roue tourne, la Providence nous offre des occasions toujours renouvelées de nous mettre et remettre en cohérence avec la nature, ce qui est notre manière d'éprouver notre liberté et de nous accomplir. Un seul chapitre devrait donc suffire à ce livre, si l'éthique telle que l'entend Sénèque était une discipline seulement *théorique*. Mais il ne suffit pas d'entrevoir par la pensée une perspective où nous sommes invincibles pour qu'elle soit aussitôt perçue avec l'intensité suffisante pour changer notre vie.

En effet, même à être invincibles, nous ne devenons pas magiquement invulnérables. Avec toute sa philosophie, le sage saigne quand on le blesse ; il pleure dans ses grands moments de tristesse ; il rougit indépendamment de sa volonté. On a beau vouloir accueillir toutes les épreuves du monde et se garder de juger les événements en bien ou en mal, notre invincibilité à l'égard des biens et des maux extérieurs ne garantit pas notre imperméabilité aux affects, autrement dit notre *impassibilité*. Un deuil, un désastre, une maladie grave ou une rupture amoureuse sont sans doute des épreuves qui n'entament pas notre liberté, mais on y traverse bel et bien des effondrements émotionnels.

Ces variations naissent du fait que la dynamique animant notre vie reste polarisée entre des choses qu'on redoute et que l'on cherche à éviter, et des choses qu'on préfère et que l'on cherche à obtenir. Cela nous semble d'autant plus inévitable qu'au niveau des perceptions les plus simples, la différence entre le plaisir et la douleur constitue une évidence immédiate, qui détermine des réactions diamétralement opposées. Dans une vie où nos états ne cessent d'osciller, toutes nos actions se définissent soit comme des *quêtes* à la recherche du plaisir, soit comme des *fuites* pour éviter la douleur. Et dès lors que les unes alimentent les autres, elles forment ensemble un cercle dont nous ne savons pas comment sortir.

Tandis que Lucilius voyage pour découvrir le monde, fait des rencontres qui l'instruisent ou multiplie ses lectures, Sénèque l'avertit de ce paradoxe : la fuite éperdue du « négatif » et la quête assoiffée du « positif » ne peuvent pas être des moyens d'accomplissement. En effet, toute tentative d'évasion hors du cercle des *fuites* et des *quêtes* l'aggrave en l'accélérant. Les déplacements d'un lieu à l'autre, d'une rencontre à l'autre, d'une impression à l'autre offrent un avantage de courte durée : en multipliant nos mouvements, l'agitation nous étourdit. Mais à mesure que nos expériences s'accumulent, si nombreuses et si variées que les unes effacent les autres, notre rapport au monde ne s'en trouve pas approfondi, il se brouille au contraire. Et loin d'y faire l'épreuve de sa liberté, l'individu accentue son étrangeté à lui-même. « On n'est nulle part, quand on est partout. » I.2.2.41

En ce sens, la *tendance naturelle du corps* qui définit notre existence entre quête du plaisir et fuite de la douleur ne nous fournit pas une boussole susceptible d'orienter notre vie. Elle révèle plutôt une instabilité constitutive qui, si nous l'embrassons naïvement, s'emballe et gagne tous les niveaux de notre être, où elle devient une maladie. « Ce remue-ménage serait le propre d'un cœur malade. À mon avis, on reconnaît d'abord un esprit équilibré à ce qu'il peut tenir
I.2.1.41 en place, passer du temps avec lui-même. »

Par contraste, lorsqu'il conseille « verse tes
I.7.12.58 biens vers l'intérieur », Sénèque semble parler d'un coffre aux trésors solide et inamovible. Nous l'avons vu, l'intériorité n'a rien d'une forteresse, puisqu'elle désigne une direction ; pourtant, cette solidité répond à l'un de nos souhaits les plus chers. Nous rêvons de nous percevoir nous-mêmes comme une entité stable, parfaitement établie, jouissant d'une telle fermeté que nous puissions savourer notre propre existence et recevoir les épreuves avec la fermeté d'un roc, sans avoir besoin de craindre, de courir ou de chercher hors de nous-mêmes les sources de notre satisfaction. Une perception de soi imprenable, impassible aux fluctuations et aux changements d'état, nous apporterait sécurité et confort.

Si ces fluctuations nous semblent indissociables de l'existence, c'est qu'elles sont constitutives de la vie du corps. Notre soif de calme, de paix, de stabilité contredit frontalement les changements d'état propres au corps, dont les désirs suivent des mouvements de bascule : il a faim, puis il n'a plus faim, il a sommeil, puis il n'a plus sommeil, etc. Comment pourrions-nous échapper à ces contradictions ? D'ailleurs, est-ce qu'à rechercher l'apaisement, nous ne courons pas le risque de renoncer à nos plaisirs les plus intenses, à nos joies les plus grandes ? Ces questions ne signifient qu'une chose : notre désir d'*impassibilité* suppose d'entamer le dialogue avec notre propre corps, afin d'éclairer ce qu'il appelle « bon » et de mieux comprendre ce qu'implique notre matérialité.

Où situer le « bien » ?

Commençons donc par-là : qu'est-ce qui définit comme « bonne » une sensation agréable ? Cette question est si difficile que, pour y répondre, le Grec Épicure – un classique du VIe siècle avant notre ère que Sénèque admire pour sa sagesse, mais dont il rejette la pensée – propose de recourir au principe du tiers exclu.

Selon Épicure, nos sensations perçues se rangent invariablement dans le registre du plaisir ou dans celui de la douleur, et ces deux catégories s'opposent de manière dynamique : tout plaisir met fin à une douleur (à un manque, à une peine, à une inquiétude), et toute douleur met fin à un plaisir (à une satiété, à une joie, à un repos). Dans cette approche, le plaisir et la douleur s'entre-définissent l'un par l'autre comme des mouvements aux directions parfaitement opposées.

Cette conception est habile, car elle fonde une stricte discipline des désirs fondée, cette fois-ci, sur le principe de non-contradiction. En effet, si nous nous exposons le moins possible à la douleur en limitant nos désirs au strict minimum, nous atteindrons mécaniquement la satisfaction suprême, sans avoir eu besoin de courir après tous les plaisirs. Épicure renouvelle ainsi en profondeur l'ascèse philosophique en la fondant directement sur la notion de plaisir. Dans cette perspective, il suffit de s'émanciper du manque pour profiter, de manière stable et permanente, du bien le plus grand.

Sénèque n'est pas insensible à l'élégance logique de cette conception et à la sobriété qu'elle favorise, mais il refuse catégoriquement de placer le plaisir au sommet de l'éthique. En effet, l'ascèse épicurienne prétend nous éloigner des désirs inutiles, exagérément sophistiqués par des jeux d'images et d'opinions, en nous concentrant sur les désirs les plus naturels, ceux que notre corps nous indique comme les sources de son plaisir le plus authentique, c'est-à-dire l'absence de trouble où se trouve le secret du bonheur. Selon Sénèque, il y a là une méconnaissance complète de la manière dont fonctionne le plaisir, dont la formule est simple : « Plus on en boit, plus on a soif. » II.15.11.96

Orienter sa manière de vivre à l'aide d'une distinction entre désirs nécessaires et désirs superflus, comme le font les Épicuriens, n'est pas une mauvaise idée. Mais cela ne pourra jamais suffire, car il existe une logique propre au plaisir : abandonné à lui-même, il tend à nourrir le désir et à devenir de plus en plus gourmand en efforts et en énergie. Le cycle entre le manque et la satiété n'est donc pas seulement le cercle infernal qu'a décrit Épicure, il s'enroule dans une spirale qui, en tournoyant, en réclame toujours plus au détriment du corps. Par conséquent, il n'est pas vrai que l'on puisse se stabiliser dans le plaisir, cela serait contradictoire avec sa dynamique vouée à l'augmentation.

Par là, Sénèque dépasse la dichotomie entre plaisir et douleur. Loin d'être opposés, ils ne

cessent de basculer l'un dans l'autre : tout comme on peut apprendre à apprécier ce qui d'abord nous répugnait, ce qui nous plaisait finalement nous dégoûte. Ces effets de bascule fragilisent trop la différence entre plaisir et douleur pour que l'on puisse leur appliquer le principe de non-contradiction. Considéré dans sa fragilité,
III.23.7.129 « le plaisir se tient au bord du gouffre » : laissé à lui-même, il n'aboutit pas à la satiété, il dégénère plutôt en son contraire. Comme plaisirs et douleurs ne cessent de verser les uns dans les autres, ils appartiennent à un même cercle et, en ce sens, la même fondamentale ambivalence régit l'ordre des sensations et les dons de la Fortune. Dans le plaisir ou dans la douleur, on peut reconnaître certaines des *mauvaises graines* qu'on ne laisse pousser qu'à son propre détriment. Ce n'est pas en cultivant ces germes-là que nous accomplirons notre nature.

Sur ces fondements, Sénèque complète les arguments traditionnels par quelques fulgurantes observations qui compliquent les rapports entre les deux notions. Par exemple, alors que Lucilius s'afflige de la mort de son ami Flaccus, il lui fait remarquer que son cœur s'attache volontairement à son deuil : « Tu montes toi-même la
VII.63.3.279 garde autour de ta souffrance. » Une situation où l'on entretient sciemment sa douleur serait

inconcevable pour un Épicurien. Aux yeux de Sénèque, elle révèle qu'une analyse suffisamment fine peut dénouer l'association entre le plaisir et la quête, la douleur et la fuite. À bien y regarder, cette *évidence sensible* ne permet pas de décrire tous les comportements. Comment un homme de cour, assistant aux banquets les plus abondants, les plus arrosés, aurait-il pu ne pas le percevoir ? « Les humains se réjouissent de choses qui leur font mal. » VI.59.3.267

Cette remarque laisse percevoir un chaînon inaperçu dans la double logique de la quête et de la fuite. On ne se met à courir après le plaisir que si et seulement si l'on croit que c'est un « bien » ; on ne fuit la douleur qu'à l'interpréter comme un « mal » ; et dans certaines situations, il arrive que cet alignement ne s'observe plus, quand le plaisir devient un « mal » ou quand, malgré la douleur, nous faisons l'expérience du « bien ». En d'autres termes, notre réponse à nos sensations n'est pas aussi inévitable qu'on le croit. Bien sûr, il existe une séquence qui unit nos *perceptions* (des événements extérieurs) à des *impressions* (des états qu'ils induisent en nous), lesquelles déterminent à leur tour des *impulsions* (qui nous inclinent à agir de telle ou telle manière). Pourtant, ce qui fait agir un être humain dépend d'un rouage intermédiaire qui s'exprime dans sa conception du « bien ».

Cette remarque change tout. Si le plaisir n'est pas directement un bien, si la douleur n'est pas immédiatement un mal, les sensations cessent de valoir comme les seuls critères d'évaluation de notre propre expérience, et donc comme des points de repère contraignants, déterminant *invariablement* notre conduite. Et le « bien », au lieu de surgir comme un mystérieux principe d'action que nos comportements devraient viser, s'inscrit désormais dans notre rapport à notre propre corps, entre nos impressions sensibles et les actions par lesquelles nous répondons à chaque situation. De cette manière, Sénèque formule la question du « bien » d'une manière extraordinairement située, sans l'appuyer ni sur une norme sociale ou divine, ni sur un devoir imposé de l'extérieur. Le problème des valeurs, au lieu d'apparaître hors sol, s'inscrit au cœur de notre expérience sensible.

Pour jeter sur cette transformation une lumière assez vive, on pourrait dire qu'un questionnement qui avait la forme « Qu'est-ce qui est bon, qu'est-ce qui est mauvais, et où trouver le critère de la différence ? » peut désormais s'exprimer comme ceci : « Suis-je *bien*, suis-je *bon* dans cette situation précise ? »

S'il est d'abord indispensable de le dire en deux fois, c'est que nous avons tendance à diviser en deux ce qui est bon. D'une part, il y aurait ce qui m'apporte de la satisfaction ; lorsqu'il penche de ce côté, le questionnement requiert de vérifier si je suis à l'aise, si mon expérience est confortable, si j'ai besoin de quelque chose, si mon corps est bien soigné, si je suis en sécurité, sans inquiétudes, etc. D'autre part, il y aurait ce qui est bon selon d'autres perspectives, différentes de mon expérience immédiate – par exemple du point de vue de ma santé, ou de mes relations affectives, ou des normes sociales, ou du bien-être collectif, etc.

Cette représentation d'un bien clivé est la source de nos plus grands dilemmes. Sénèque propose de la corriger de la manière suivante. Il faut d'abord admettre que le fait de « se sentir bien », autrement dit satisfaits de nous-mêmes, n'engage pas toujours les humains à se montrer proportionnellement bons, car il existe des gens qui vivent dans le confort et la prospérité et qui se montrent d'autant plus arrogants, égoïstes, ingrats, etc. Mais, réciproquement, le fait de « se montrer bon » fait invariablement se sentir « bien » : c'est une expérience que nous faisons très communément, toutes les fois où notre manière d'agir nous rend satisfaits de nous-mêmes, y compris dans l'adversité. Ainsi se découvre une perspective où le « bon » et le « bien », d'abord divisés l'un de l'autre, convergent. Elle révèle que la notion de satisfaction ne passe pas *nécessairement* par les sens, ou plutôt qu'il existe une source de satisfaction qui n'en dépend pas du tout, car elle repose dans la perception précise et située de notre propre *valeur*.

Contrairement aux apparences, poser la question « Suis-je bien, suis-je bon ? » n'engage pas à renverser l'attention vers soi ; cette manière d'aborder le « bien » permet d'émanciper la satisfaction humaine des impressions sensorielles immédiates, et d'indexer cette satisfaction sur la notion de valeur, ouvrant devant nous un nouvel espace d'exploration. En effet, si nous pouvons jouir d'une satisfaction qui n'a rien à voir avec nos impressions sensibles, c'est que nous nous réjouissons naturellement d'accomplir quelque chose comme le « bien ». Cela ne signifie pas que l'être humain naisse immédiatement bon, mais que « la nature a conféré à tout un chacun le terreau et les graines des vertus. Nous
XVII.108.8. 661-662 sommes tous nés pour les développer toutes ». En d'autres termes, nos comportements sont tendanciellement attirés ou animés par le « bien ». Si on lâche la bride aux plaisirs, ils peuvent

étouffer en nous les « graines des vertus » ; mais la notion du « bien », c'est-à-dire la préoccupation de notre propre valeur, est aussi centrale dans notre constitution que les sensations du plaisir et de la douleur.

Cette conception fonde notre attachement au « bien » directement dans notre désir de satisfaction. Par là, Sénèque s'éloigne de tous les fanatiques d'une moralité abstraite ou pure : il n'est pas vrai que nous cherchions à nous montrer moralement bons en renonçant à nous-mêmes ou à nos propres désirs ; au contraire, nous n'avons pas de plus intense désir que celui qui nous tourne vers le « bien ». Là se trouve notre plus haute satisfaction.

Est-ce qu'il y aurait là une certaine complaisance narcissique ? Est-ce que nous ne cherchons pas d'abord à nous donner bonne conscience ? On répond facilement à ces objections : refuser que le « bien » apporte à chaque individu une gratification serait nous condamner à l'autoflagellation et priver la moralité de joie ; lui refuser toute bonne conscience serait nous maintenir indéfiniment dans la culpabilité ou le soupçon. Plus joyeux, plus libérateur, Sénèque affirme simplement :
« c'est le bien qui rend la vie heureuse ». XX.124.15. 777

Avec cette approche, la question de savoir d'où nous vient le concept du « bien » n'a plus de sens, car il ne s'agit pas d'un principe abstrait remontant au fondement des choses. Le bien est une dimension de l'existence humaine que l'on *éprouve* du fait de certains comportements. Comme tout ce qui est naturel, il ne nous est pas plus *donné* qu'il n'est *construit* par nous de toutes pièces ; il *grandit* avec nous à mesure qu'on le nourrit.

> Chez un tout-petit, on ne doit pas l'attendre du tout, chez un jeune homme, on doit l'attendre sans trop d'espoir, et il faut se tenir pour satisfait si, après un travail intense
> XX.124.12. 776-777 et prolongé, on l'atteint dans la vieillesse.

Ainsi, prendre la recherche du plaisir et la fuite de la douleur comme les principes fondamentaux de notre vie, c'est limiter l'individu aux seules impressions de ses sens. D'ailleurs, les impulsions les plus immédiates du corps (la fuite, la quête) ne sont pas si autocentrées qu'elles le semblent : elles signalent l'obéissance de ce bel animal à des logiques qui ne sont pas les siennes, celles de l'argent, celles du plaisir, celles du pouvoir, celles de l'opinion, qui tendent toutes à accélérer ses mouvements jusqu'à épuisement. Voilà pourquoi il est dangereux de s'y enfermer : on s'y retrouve de nouveau à l'extérieur de soi-même. « Les esclaves de leur corps, ceux qui ont pour lui les plus grandes terreurs et qui rapportent tout à lui, sont les esclaves de trop de monde. » II.14.1.86-87

La conduite honorable

Dans une version plus fouillée, la question du « bien » pourrait désormais être reformulée en tenant compte de l'articulation entre satisfaction et valeur. On pourrait l'écrire comme ceci : « Comment une situation quelconque me permet-elle de manifester assez de valeur pour que je m'en tienne satisfait ? »

Dans les termes de Sénèque, cette question requiert de définir en quoi consiste une « conduite honorable », celle qui apporte une satisfaction d'autant plus éloignée des sensations et des réactions du corps qu'elle se trouve indexée sur notre comportement face aux situations. En latin, Sénèque emploie un mot assez difficile à traduire : *honestum.* Si l'on explore ses différentes facettes, on peut mieux circonscrire la définition du « bien ».

En première approche, *honestum* désigne une forme d'*honnêteté.* En français, ce mot est si fade qu'il vaut mieux l'aborder par un détour vers son contraire. En effet, lorsque l'on accomplit une action malhonnête, même délibérément et égoïstement, on ne peut empêcher sa propre valeur de se diviser. Bien sûr, on peut retirer d'un méfait un immense bénéfice (de l'argent gagné au détriment des autres, du plaisir pris en cachette, etc.), on peut aussi se féliciter d'avoir réussi un joli coup en déjouant la surveillance de telle ou telle autorité. Pourtant, quand on se trouve plus malin ou plus maligne que tout le monde, la valeur que l'on cherche à s'attribuer se trouve désactivée en proportion du secret qu'elle impose. En effet, la valeur humaine est d'autant mieux assurée, d'autant plus forte qu'elle est mieux partagée et reconnue. Tout acte malhonnête, peu importe son gain en termes de bénéfices, empêche donc la personne qui l'accomplit de s'attribuer de la valeur.

Il y a là un dommage beaucoup plus grave qu'un manque de respect à l'égard des autres. En effet, si l'on considère seulement l'impact d'un méfait sur les autres, rien n'empêche d'en déduire qu'il faut l'éviter autant que possible, mais aussi, au cas où l'on s'y livre, qu'il faut surtout le garder *secret* afin de les en « protéger ». On ne peut rien imaginer de pire : en accentuant l'isolement de l'agent, ce raisonnement finit par aggraver ce qu'un acte malhonnête a de plus grave, à savoir qu'il constitue un outrage à soi-même. Il faut y insister, aucun profit – richesses, plaisirs, pouvoirs – ne peut compenser le fait de diminuer soi-même sa propre valeur. Par contraste, l'honnêteté se définit donc comme une sorte d'engagement envers nous-mêmes, celui de ne rien faire qui nous diminue en valeur. Son principe : « Fais en sorte que rien ne te rabaisse. » I.10.4.70

Sur ces fondements, comment se définissent les limites de l'honnêteté ? Comment préciser quelles actions sont honnêtes, lesquelles malhonnêtes ? Ces questions engendrent un immense embarras : si l'on commence à y répondre, la notion d'honnêteté se met à dériver vers un souci des règles, des lois, des mœurs, qui pourrait ressembler au mieux à du conformisme, au pire à du conservatisme. Une conduite simplement « honnête » penche vers la bienséance et vers la bien-pensance. Or l'*honestum* chez Sénèque ne désigne pas du tout la norme du « bien » reconnue *de facto* par les gens. Avec un mélange admirable de méfiance et de tolérance, il écrit : « Ne te rends pas semblable aux plus mauvais parce qu'ils sont très nombreux, ni l'ennemi des plus nombreux parce qu'ils ne sont pas comme toi. » I.7.8.57

Le terme d'honnêteté n'est donc pas adapté : il nous fait courir le risque d'absorber le « bien » dans des normes socialement définies et de prendre le fait pour le canon du droit. Et comme tout ce qui est malhonnête nous est apparu divisé, désaligné, contradictoire, on pourrait préférer la notion d'*intégrité* pour traduire *honestum*.

En français, l'intégrité désigne la capacité d'être en parfaite cohérence avec soi-même, d'assurer un engagement sans ambiguïté et sans réserve dans ses actions, de montrer en toutes choses une droiture si impeccable qu'on peut l'examiner sous tous les angles sans y trouver rien à redire. Quelqu'un d'intègre est irréprochable, pour la raison que sa vie et sa personne sont tout d'un bloc.

L'inconvénient, c'est que l'intégrité définit le critère d'une cohérence *interne* de l'individu, qui apparaît alors comme une sorte de fidélité à lui-même. Des personnalités violentes, des malfaiteurs ou des politiques qui se donneraient un code d'honneur précis pourraient se considérer comme intègres au sens de fidèles à eux-mêmes, tout en multipliant les destructions autour d'eux. Ainsi, le terme d'intégrité comporte le grave inconvénient qu'il laisse en suspens la question de savoir autour de quelles valeurs, et donc autour de quelle communauté, s'élabore la cohérence censée définir le « bien ».

On le voit, les deux facettes d'*honestum* tendent à en faire basculer le sens soit vers une normativité extérieure, dans l'approche *légaliste* qu'exprime l'« honnêteté », soit vers une cohérence interne dans l'approche *formelle* qu'exprime l'« intégrité ». Si aucun des deux n'est satisfaisant, c'est que Sénèque essaie de décrire comment les deux aspects justement s'alimentent l'un l'autre, c'est-à-dire comment notre satisfaction la plus intime atteint sa perfection lorsqu'elle fait converger les circonstances de notre vie avec le meilleur de notre humanité.

Comment nous y prendre ? Si l'on traduit *honestum* par « honorable », on parvient à y voir plus clair. En effet, une conduite honorable est celle où l'on fonde la satisfaction qu'elle procure sur les *honneurs* que l'on s'attribue : on se félicite soi-même d'une action « honorable ». Cette forme de reconnaissance a l'avantage d'être à la fois interne et externe, mais elle comporte une sorte de mystère : qui peut décider ce qui est honorable ou pas dans une situation donnée ? Qui a cette légitimité ? Comment savoir si l'on n'est pas en train de délirer, au moment où l'on se félicite d'une action qui n'est peut-être pas si « bonne » qu'on le croit ?

Sénèque apaise ces turbulences de la valeur dans une approche pragmatique de l'*honestum.*

Les honneurs que ce terme suggère ne sont pas des couronnes ou des triomphes imaginaires, on les reçoit de sa propre conduite : c'est elle qui nous fait honneur.

Pour comprendre cette conception si belle et si profonde, on peut comparer la notion d'honorable avec celle de *mérite*. En effet, admettre qu'une action ou une personne sont méritantes, c'est supposer qu'une certaine qualité – par exemple, le courage au combat ou la délicatesse de l'expression – donne accès à un certain *droit*, celui de recevoir des honneurs militaires ou des prix littéraires. Sénèque ne conçoit pas l'honorable de cette manière. L'homme de bien n'est pas un enfant motivé par des récompenses ; il ne revendique aucun droit, il n'a rien à attendre. Sa valeur s'exprime dans sa conduite, elle est pour lui l'unique vrai « bien » où puiser sa satisfaction. Les félicitations, les éloges, les applaudissements lui sont d'autant plus indifférents qu'il ressent le « bien » dans et par son action même. En d'autres termes, ce n'est pas sa conduite qui le *rend digne* de quoi que ce soit, c'est l'inverse : lorsque la dignité de quelqu'un *s'exprime* dans sa conduite, elle ne lui laisse rien à attendre.

Pour comprendre en quel sens la vertu ne donne aucun mérite, il vaut la peine de se pénétrer de ceci : là où le mérite *réclame* une récompense, la vertu *remercie* par son action. Semblable aux discours où l'on témoigne de sa gratitude envers les personnes qui ont contribué au succès d'un projet, la vertu *n'attend pas* la reconnaissance, elle *exprime* la reconnaissance. Elle témoigne d'une révérence envers l'existence où l'on puise la joie d'être soi : elle rend hommage à tout ce qui lui permet d'être.

Considérée de l'extérieur, bien entendu, on peut admettre qu'une action honorable est digne d'honneurs, car elle réjouit l'individu qui se montre honorable et les témoins de son action ; mais cela n'a aucune importance. Je le répète, une conduite honorable *fait honneur* à la personne qui l'accomplit comme à celles qui l'observent. En ce sens, elle dépasse tout ordre établi, toute institution, tout conformisme, car elle récuse les honneurs qui lui viendraient de l'extérieur : son « bien » est en elle.

> Tu n'as pas lieu de chercher des yeux la récompense d'une action juste : la plus grande récompense de la vertu, c'est la vertu même. XIX.113.31.699

Cette conception n'est ni idéaliste ni utopique, puisqu'elle ancre le « bien » dans le concret des comportements. Elle définit la valeur humaine de manière performative, dans l'action, et non de manière rétributive, par des récompenses. La conduite honorable fournit donc à notre conduite un critère qui n'est ni la quête du plaisir, ni l'ambition conformiste, ni la complaisance envers soi, encore moins des normes absolues, mais la situation très désirable où l'on se dit « oui » à soi-même – un « oui » d'autant plus clair que l'on y perçoit la cohérence entre ce que l'on fait et son désir de percevoir en soi ce qui fait la valeur humaine. C'est ce que Sénèque appelle la « vertu ».

Néanmoins, si la satisfaction est l'effet de la conduite honorable, elle n'en est pas le critère : il ne suffit pas qu'une conduite nous fasse nous sentir « bien » pour avoir la certitude qu'elle est vertueuse. Alors, comment savoir si une conduite est vertueuse ? Et d'ailleurs, qu'est-ce qui rend la vertu si précieuse et si réjouissante, si elle n'a rien à voir avec les sensations ?

La vertu du cœur

La conduite honorable, en nous donnant accès à quelque chose comme la « vertu », nous impose d'élargir les repères à partir desquels nous concevons notre satisfaction, autrement dit notre propre existence. En effet, ce que l'on appelle la « vertu » se réfère à une dimension où l'être humain ne s'éprouve pas comme un simple terminal de perceptions et d'impulsions (ce qu'on appelle couramment un « corps ») : au lieu de limiter notre accomplissement aux bornes définies par nos sensations, la conduite honorable révèle l'existence en nous d'une force étrangère à ce plan-là, une force capable d'affronter les épreuves pénibles sans les refuser, d'accueillir les séductions sans y céder, et qui ne laisse pas son attention se détourner du confort qu'elle trouve dans l'expression de sa valeur. Cette force, d'autant plus matérielle qu'elle a des effets très concrets, s'appelle la « vertu ». À qui appartient-elle, si elle ne se rapporte pas au corps ?

Le siège de cette force s'appelle le cœur. Même s'il ne se réduit pas à l'organe qui bat dans la poitrine, le cœur désigne lui aussi une réalité matérielle : il est ce par quoi un être humain s'émeut. Ses émotions lui viennent de sources très diverses. S'il est permis de grossir le trait, on pourrait dire que le cœur désigne une dimension de notre matérialité qui est *à l'écoute* du corps (le cœur est triste de voir le corps souffrir, il a peur pour lui, il se réjouit de ses plaisirs, etc.), qu'il est *exposé* aux opinions (il croit volontiers ce qu'il entend, il s'inquiète facilement, il craint la mort, etc.), mais qu'il est aussi *sensible* aux raisonnements, sans pour autant se confondre avec les dimensions rationnelles de notre être (notre esprit qui raisonne en parlant, notre intellect qui contemple des idées).

Chez Sénèque, ces différents aspects ne sont pas distingués très rigoureusement : dans les *Lettres*, on trouve parfois « esprit » (*mens*) là où l'on attend « cœur » (*animus*) ou l'inverse, et presque toutes les traductions se prennent les pieds dans ces concepts. Cela vient du fait que la tradition stoïcienne ne s'inspire pas d'une description analytique des organes, comme le feront plus tard les philosophes modernes : Spinoza, par exemple, a un usage parfaitement rigoureux des mots *mens*, *animus*, *anima*, *spiritus*, y compris lorsqu'il s'inspire de Sénèque. Mais, chez les Stoïciens, l'approche des dimensions non objectivables de l'être humain n'est pas une anatomie, elle n'exprime pas une division tranchée entre plusieurs concepts. Plus simplement, Sénèque tient compte d'accès différenciés à nos propres expériences, dont les perspectives déterminent des logiques spécifiques, susceptibles de définir des relations d'ordres divers et d'orienter nos comportements dans un sens ou dans l'autre, selon les points de repère que l'on prend. Loin de manquer de précision, Sénèque montre dans sa terminologie une souplesse d'autant plus adaptée que, lorsque tout est aligné dans le concret d'une situation, la différence entre ces dimensions s'estompe et devient sans pertinence.

Sur ces fondements, nous pouvons facilement rassembler les précédents chapitres en une seule perspective : du point de vue du corps, terminal de perceptions et d'impulsions, toute notre vie s'interprète comme plaisir ou douleur et s'organise entre nos quêtes et nos fuites, tendant à une course sans fin. Mais lorsque le cœur adopte le point de vue où il perçoit le bien qui l'encourage à la vertu, il considère seulement notre conduite et cherche à la rendre « honorable ». Lorsqu'il la reconnaît comme telle, il y trouve une satisfaction spécifique, qui ne ressemble en aucun cas à ce que sent le corps dans le plaisir : il ressent le bonheur que l'on prend à percevoir sa propre valeur.

Ainsi, le corps et le cœur sont tous deux également matériels, mais ils ne se trouvent pas sur le même plan. Les deux sont naturels, mais leur plein accomplissement suppose de les cultiver chacun différemment, afin que notre être tout entier y trouve son compte. On peut entraver ou encourager leur développement au point d'engendrer des déséquilibres flagrants : par exemple, en laissant libre cours

aux sensations, on peut atrophier le cœur et rendre la course du corps, entre quête des plaisirs et fuite des douleurs, presque impossible à contrôler. À faire croître et grossir l'autorité du corps, on finit par le rendre indomptable. Voilà pourquoi Sénèque s'inquiète que les Romains s'abrutissent collectivement, les riches alanguis dans des raffinements échevelés et prédateurs (« Jusqu'à quand faudra-t-il tant de navires et toute une mer – non, plus qu'une mer ! – pour
VI.60.2.273 fournir les victuailles d'une seule table ? »), les autres enivrés par les spectacles parfois idiots, parfois cruels qui sont donnés dans les arènes du cirque. « Remerciez les dieux immortels que ceux à qui vous donnez des leçons de cruauté
I.7.5.56 soient incapables de rien apprendre ! »

Inversement, nous pouvons développer notre sensibilité et notre inclination à la vertu en nourrissant les satisfactions du cœur. En effet, la perspective propre au cœur permet de découpler notre conduite des perceptions et des impulsions du corps en déplaçant notre attention vers des considérations d'un autre ordre. Les désirs n'y sont pas indexés sur le plaisir, mais sur le bien ; la satisfaction n'y a pas pour forme le plaisir, mais la vertu. Cela n'a rien de théorique, puisque la vertu est performative : elle est une démonstration par le cœur de sa propre valeur, elle n'est rien d'autre que le cœur reconnaissant sa propre nature dans le miroir de ses actions et qui se satisfait, non seulement de s'y percevoir lui-même, mais surtout d'y appréhender la vertu à l'œuvre.

Ainsi, le cœur ne perçoit pas le bien parce qu'il aurait accès à je ne sais quelle réalité suprasensible. Il l'appréhende dans le concret d'une conduite précise où la vertu fait percevoir sa force matérielle, née de sa cohérence avec la nature. Bien entendu, le bien n'est pas une chose que l'on *voit* au sens où l'on peut regarder un tilleul ou un corbeau. On ne *saisit* pas le bien comme on attrape un verre. Son mode d'existence est moins différencié ; il ne se pose pas ici ou là, il circule dans les actions.

Dans ce contexte, l'expérience de notre matérialité devient un terrain de jeu pour développer plusieurs niveaux de sensibilité, dont la diversité et l'hétérogénéité permettent d'éprouver des dimensions où notre expérience prend un aspect extraordinaire. En effet, lorsque son cœur est assez fort pour faire valoir son autonomie, l'individu ne perçoit plus *seulement* les événements en termes corporels. Il les considère selon la perspective du cœur, ce qui a l'avantage immédiat d'empêcher une séquence qui nous semblait d'abord irrépressible entre la *tournure* des événements et les *états* émotionnels qu'ils nous inspirent. À proportion qu'il se tourne vers le bien, le cœur ne se laisse plus secouer par les vagues des plaisirs et des peines, car il sait qu'elles concernent seulement le corps et que le cœur, lui, n'est pas *tenu* de les suivre. De cette manière, plus le cœur considère le bien, plus sa force s'affirme, plus il apprend à ne pas laisser son état émotionnel se calquer sur les impressions du corps. En d'autres termes, il s'émancipe ; la perspective qui s'ouvre librement devant lui s'appelle la vertu.

Cependant, cette vertu n'est pas gagnée par le cœur *contre* le corps ; elle émancipe le corps lui-même. En effet, à mesure que le cœur cherche sa satisfaction dans une conduite vertueuse, il lui devient possible de retenir le corps de se jeter dans les courses perpétuelles (quêtes et fuites) où les influences extérieures l'appellent et l'attirent, au risque de son épuisement ou de sa destruction. Voilà pourquoi un corps émancipé est d'abord un corps qui apprend la retenue et la mesure – ce qui ne consiste ni à le dresser ni à le contraindre, mais à l'empêcher d'être fasciné par ce qui finira par lui faire du mal. Et c'est ainsi, à proportion que la vertu engendre des actions honorables, que la valeur du bien nous devient physiquement perceptible, et que le cœur et le corps apprennent à s'aligner.

Au lieu de se laisser guider par les sens qui le rendent esclave, notre corps doit donc apprendre à s'équilibrer en écoutant ce que l'expérience et la raison lui indiquent. Cela suppose que nous apprenions à l'éloigner du conformisme des opinions, qui le conduisent à adopter des comportements sans rapport avec sa nature, afin qu'il reconnaisse pour bons les modes de vie qui définissent son « bien », à lui. Comme chacun sait, le bien du corps s'appelle la santé. Pour cela, la philosophie dispose d'un répertoire d'actions, de discours, d'images, d'exemples qui aideront le corps à désirer ce qui lui fait du bien, autrement dit à écouter la voix du cœur.

Néanmoins, du point de vue du cœur, la santé n'est pas vraiment un bien, elle est seulement un « préférable » parmi d'autres. En effet, la maladie n'empêche pas d'adopter une conduite appropriée face aux épreuves. En ce sens, elle ne constitue pas un mal, elle est indifférente au cœur, elle fournit même de la matière pour qu'il y éprouve sa vertu. Est-ce que ces affirmations constituent une trahison de notre propre corps, de ses peines et ses douleurs ? Non, elles se destinent plutôt à donner au cœur les moyens de venir en aide au corps lorsqu'il est en difficulté, en empêchant le mal de s'étendre.

Le cœur ne reconnaît comme mal que la mauvaise conduite, autrement dit les comportements où nous nous laissons emporter par l'opinion, par les sensations ou par n'importe quelle autre forme d'extériorité, au point que nous adoptons une attitude où nous nous rabaissons nous-mêmes. Du point de vue du cœur, le mal, c'est ce qui contrarie sa vertu, ce qui le prive de la satisfaction que lui donne sa valeur. Pourquoi ajouterions-nous des maux aux contrariétés ? Pourquoi ne pas rester digne dans l'adversité et garder l'œil sur le vrai bien ?

Ainsi, dans la prospérité comme dans l'adversité, le cœur trouve son bien dans la vertu, c'est-à-dire dans l'exercice de sa propre force, dans le déploiement pratique de sa nature, dans la matérialisation de ce qu'il est. Pendant ce temps, le corps ne cesse jamais d'aimer le plaisir, de rejeter la douleur et de préférer la santé ; lui demander de ne pas le faire serait comme vouloir empêcher la lumière d'éclairer. Mais par les exercices et les entraînements, ce bel animal apprend à laisser sa propre action être orientée par le cœur qui, comme un bon maître, ne lui demande de mettre ses préférences en sourdine que si c'est nécessaire.

J'insiste, on n'aurait rien compris au propos de Sénèque si l'on mettait en scène une lutte ou une confrontation entre le cœur et le corps. Le cœur n'impose sa loi au corps que pour l'affranchir de ses esclavages. En ce sens, leurs rapports se comparent plutôt à ceux d'un cheval et d'un bon cavalier, capable de prendre soin de lui et de lui donner des ordres faits pour l'émanciper. Il n'y a là aucune infériorisation du corps, aucune défiance à l'égard de la matière. Il s'agit simplement de rendre sensible au corps ce qu'un être humain désire plus que la santé, et si possible à travers la santé : une absolue solidité, une absolue constance dans le bien-être.

La fameuse *impassibilité* du sage stoïcien engage donc une distance du corps d'avec ses propres sensations, obtenue par son implication dans la perspective du cœur, où ces sensations apparaissent sans pertinence. Mais, à tout bien considérer, Sénèque trouve le terme d'impassibilité plutôt mal choisi.

> Nous, Stoïciens, nous disons qu'est *impassible* le cœur qui repousse toutes ses sensations douloureuses, alors que le mot désigne également celui qui n'est exposé à aucune douleur. Donc, à toi de voir s'il ne vaut pas mieux parler d'un cœur *invulnérable* ou d'une situation où le cœur est *au-dessus des souffrances*. I.9.2.62

En donnant au cœur sa force et sa réalité matérielles, Sénèque finit donc par régionaliser les nécessités du corps sans les nier. Contre l'image rigide d'un sage « stoïque », il admet que l'*impassibilité* ne rend personne inaccessible à la douleur ; elle place plutôt notre cœur dans une posture où les souffrances de notre corps ne l'atteignent plus (pas plus que ses plaisirs). Dans les larmes du deuil ou de la séparation, dans les éclats de joie et les sursauts d'orgueil, ce qui importe n'est plus, pour ainsi dire, la *valence* sensorielle des événements, mais la *valeur* où notre cœur trouve sa satisfaction et où il peut se réfugier, se reposer, prendre patience en attendant des jours meilleurs. Là où nos réactions semblaient irrépressibles, elles le demeurent en partie, du point de vue du corps. Mais ce point de vue ne prend plus toute la place. Il diminue en importance à mesure que le cœur affirme sa préséance et, s'émancipant lui-même, enseigne au corps la liberté.

De cette manière, nos réponses à n'importe quelle situation peuvent être découplées de nos réactions *impulsives*. Lorsque les choses tournent mal, on peut laisser au corps la part irrépressible des émotions et des réactions qu'il revendique pour lui-même (par exemple, les larmes des premiers jours de deuil, le fait de rougir d'une manière incontrôlée, etc.). Mais le cœur s'interpose entre ces états incontrôlables et les actions qu'ils tendent à engendrer. Contre les impulsions irréfléchies, il mobilise d'autres élans issus d'un ordre de valeur où il se place, lui, au centre du jeu. Il fait alors valoir son désir de se réjouir de sa vertu, en toute tranquillité.

Bien entendu, la bonté du cœur l'incitera toujours à déplorer les souffrances perçues par le corps ; mais, refusant de le laisser entraîner dans l'affliction, sa vertu l'incite à consoler le corps souffrant comme le cavalier rassure son cheval effrayé, ou bien comme un adulte apaise un enfant. Lorsque Sénèque pose la question : lorsqu'un sage est soumis à la torture, quelle est la disposition de son cœur ? Il répond : « Celle d'un homme qui donne du courage à son ami malade. » XI.85.29.454

Si le cœur a les moyens de donner du courage au corps, c'est que la perspective du « bien » lui donne la force de surmonter sa propre tristesse. Oui, malgré le piètre état du corps, le cœur sait qu'une mauvaise situation est l'occasion pour lui de savourer pleinement, sans scrupule, sans retenue, sa propre vertu. En gardant cette joie présente à lui-même, en la cultivant sans relâche, en y puisant des actes et des paroles dont la beauté et la noblesse le grandissent lui-même, le cœur se trempe et se baigne dans sa propre satisfaction. Alors, cette satisfaction finit par apaiser le corps, en le retenant de s'abandonner à ses esclavages.

Agir au mieux

Devant de telles pensées, que reste-t-il d'une conception de la moralité qui imposerait le principe du Bien à coups de devoirs et de punitions à des humains mesquins, désordonnés et rebelles ? Chez Sénèque, la « vertu » ne s'impose pas à nous, c'est nous qui vibrons d'amour pour elle depuis les strates les plus profondes de notre matérialité. Notre existence n'est jamais plus belle, jamais plus heureuse que lorsque nous reconnaissons les événements comme le terrain de jeu où, à travers notre conduite, s'exprime la vertu, explorant toutes les variantes du bien.

Néanmoins, cet engagement envers la vertu ne nous aurait rien appris s'il nous faisait espérer et craindre des choses précises pour ce monde. Certes, notre nature requiert de consacrer nos forces au « bien », elle ne reçoit le plaisir que comme un « préférable », de sorte qu'un homme ou une femme de cœur promeuvent le « bien » en toutes circonstances ; mais ces réflexions n'ont de force que si l'on garde en tête qu'il *n'*existe *pas* de « biens extérieurs ». Sans cela, aveuglés par nos préférences, nous irions nous jeter bille en tête dans le tourbillon des événements en croyant « accomplir le bien ». Or les engagements des Stoïciens et leur implication en politique – qui a vu des familles entières se faire décimer tout au long du Ier siècle dans leurs luttes contre les empereurs – ne se conçoivent pas comme de vertueuses croisades. Avant de s'affirmer comme l'agent du « bien » en ce monde, il vaut la peine d'approfondir la théorie stoïcienne de l'action, et en particulier d'interroger la notion d'acte « désintéressé ».

Chez Sénèque, ce terme trouve son sens dans deux perspectives distinctes. D'abord, c'est évident, le « désintéressement » désigne le détachement de la vertu à l'égard du corps : une conduite honorable ne tient pas compte des plaisirs et des peines, elle les surmonte par définition et contrarie notre tendance à la course (fuites et quêtes).

Ensuite, dès lors que la vertu n'a pas d'autre récompense qu'elle-même, il est clair que l'action honorable ne tient pas compte de la valeur de ses effets : tant pis si l'on est vaincu, tant pis si l'on est condamné, tant pis si une action politique, un appel à la paix, une action en

justice se soldent par un échec. L'efficacité est sans doute un critère de valeur dans ces domaines mais, d'un point de vue éthique, le rapport aux effets n'a aucune pertinence : l'acte vertueux fait honneur à son agent même s'il n'a pas d'effet, s'il lui apporte des embarras ou si les circonstances en détournent les conséquences vers le pire et non vers le meilleur. La manière dont le cœur désire le bien ne se projette pas dans les fruits extérieurs de son action. « Les initiatives sont en notre pouvoir ; les résultats,
II.14.16.92 c'est la Fortune qui en juge. »

En ce sens, l'efficacité avec laquelle nos actions orientent le devenir se trouve rangée sous une même catégorie que le plaisir que nous en retirons : cet aspect est « indifférent » à la vertu. Bien sûr, nous *préférons* que nos actions soient efficaces, tout comme nous *préférons* qu'elles nous soient agréables ; mais dans le cas où elles ne sont ni l'un ni l'autre, cela n'a aucune importance. La vertu nous console de l'absence des « préférables » parce qu'elle se réjouit du « bien ». « Ce qui nous faisait mal, en rencontrant la vertu, n'a pas plus de portée
VII.66.20.300 qu'une averse dans la mer. »

Cette première conclusion a une étrange particularité : elle retourne le « désintéressement » sur lui-même. En effet, une conduite honorable n'est pas du tout celle dont on ne retire rien. Au contraire, c'est par elle et en elle que le cœur trouve son bien. Elle est l'objet de notre plus intense désir, elle est la source de notre plus haute satisfaction.

Dans ces conditions, la question que pose l'action désintéressée n'est pas de déterminer où se trouvent ses motifs : notre attachement à la vertu, notre amour pour le bien, notre intérêt pour la valeur humaine sont assez de manières de l'exprimer. Ce qui devient mystérieux, ce sont les conditions de sa certitude. En effet, si l'on prive un être humain de tous les « préférables », autrement dit si son action n'a aucun avantage pour lui et aucun effet sur le monde – voire si elle y produit des effets négatifs, par un méchant retournement de la Fortune –, comment pourrait-il encore se réjouir de sa vertu ? Comment pourrait-il, malgré tout, avoir la certitude d'accomplir ou d'avoir accompli le bien ?

Ces questions engendrent une nouvelle mutation dans la notion de « bien ». Pour le comprendre, il faut d'abord admettre que l'éthique ne fournit pas la satisfaction intellectuelle ou l'assurance d'une démonstration. Sénèque ne cesse d'y insister, une philosophie en prise directe avec les choses n'est pas une discipline du savoir, mais une ascèse de l'action. Il n'y a donc aucun sens à importer dans le domaine éthique les exigences, les exercices et les manières de faire de la logique, car il s'agit d'accorder son cœur au bien, non de se procurer la joie intellectuelle des jeux d'esprit. Par conséquent, l'éthique ne *démontre* pas, elle *montre*, tout simplement. Demander des certitudes ? C'est mal comprendre cette discipline. Elle ne se soucie pas de *savoir*, mais d'*agir*.

Au reste, lorsqu'on la situe dans le concret des événements, l'action éthique n'est pas de celles où l'on donne des garanties, où l'on signe des contrats, où l'on exige des paiements. Toutes les fois où Sénèque mobilise des métaphores de ce type, c'est pour refuser tout commerce avec la Fortune. Pourquoi ? Parce que la Fortune trahit par définition, elle trompe, elle ment et, surtout, elle ne détermine pas la vertu du cœur : elle lui fournit seulement sa matière pour qu'il y déploie sa valeur.

Il faut donc en conclure qu'aucune action ne peut jamais fournir de sa propre vertu une assurance intellectuelle semblable à une certitude mathématique, ni la garantie contractuelle d'une opération commerciale ou financière. La vertu, pourrait-on dire, s'exerce *au risque d'elle-même*, sans se connaître avant sa mise en œuvre, sans se gargariser une fois accomplie.

Elle ne se *sait* pas, elle se *sent*. Elle ne se *dit* pas, elle se *vit*.

Soit ! Mais comment se *sent*-elle ? Dans le concret des événements, personne n'est assuré de faire le bien ; mais c'est déjà beaucoup – non, c'est même *tout* l'enjeu – de sentir qu'on a fait, ou que l'on fait, *au mieux*. Rapporté au perçu, le « bien » s'appréhende donc sous la forme du *meilleur* : ce sont les limites atteintes dans une situation précise qui signalent une perfection accomplie, justement parce qu'elle est *située*, qu'elle définit un *optimum*. Une conduite honorable exprime ce que j'ai de meilleur, c'est tout ce qui importe : on ne peut pas aller plus loin.

Cette conception est si profonde qu'elle renouvelle tous les niveaux d'appréhension de l'action, les éclairant à la lumière de ce qu'on pourrait appeler la *joie des limites*. Lorsqu'on identifie le « bien » dans le « meilleur », l'usage du superlatif n'a rien de grandiloquent ou d'exagéré ; au contraire, il ancre la perfection dans la matière. L'action y est portée à son *optimum* en ceci que l'épreuve des limites signale à la vertu son plein accomplissement.

Ainsi, même dans l'adversité la plus douloureuse, une expérience négative des limites de l'action prend la forme suivante : *je fais tout ce que je peux* ou bien, rétrospectivement, *j'ai fait*

tout ce que j'ai pu. Comme chacun sait, cette pensée a ceci de consolant qu'elle nous engage à situer notre valeur dans un cadre élargi, où nous ne pouvons pas être toujours les gagnants des rapports de pouvoir. De ce point de vue, lorsque les efforts orientés par nos préférences individuelles sont mis en échec, la *perception* de notre vertu nous est donnée par ses contours, c'est-à-dire par les frontières et les limitations que le monde lui impose. Voilà pourquoi le sage se réjouit que sa nature soit portée à son parfait achèvement, même lorsque la situation se retourne contre lui et qu'il voit tous ses espoirs s'effondrer. « Qu'on me torture sans
VII.67.15.315 que je perde courage, ce sera bien. »

Une génération après Sénèque, le Stoïcien Épictète insistera beaucoup sur le soulagement que l'on perçoit à reconnaître et à explorer les frontières de notre pouvoir : c'est une manière de trouver sa place dans le monde et d'y installer son cœur confortablement, y compris dans le cas où le corps est souffrant. Cette joie des limites exprime un lâcher-prise sur ce qui dépasse notre pouvoir.

Néanmoins, cette première approche continue d'appréhender les limites comme des contrariétés. Une conception plus profonde encore de la vertu retourne ce sentiment en une perception positive. La formule devient alors : *je fais tout ce qu'il faut* ou bien, rétrospectivement, *j'ai fait ce qu'il fallait.* Alors, on ne se réjouit plus des limites que nous apporte la nature, c'est l'inverse : on se réjouit que la nature s'exprime à l'intérieur de nos limites. Cette sensation-là engage une certaine dépersonnalisation de l'action et, paradoxalement, une plus grande humilité face aux puissances qui nous traversent. En effet, ce sentiment exprime une ouverture où l'on ne se soucie pas de s'attribuer la vertu comme une propriété individuelle, car on se considère soi-même comme un vecteur obéissant à des forces plus grandes. Alors, même dans l'échec, il devient possible de dire : depuis la place qui est la mienne, à la mesure de mes forces, je propose (ou j'ai proposé) la meilleure version de moi-même.

Pourtant, au détour d'une lettre, Sénèque est frappé d'une idée lumineuse qui porte la joie des limites encore un cran plus loin.

> Non, attends, par Hercule, j'ai un vers plus puissant et plus juste pour donner plus de force à ton cœur. Toutes les fois où un événement ira dans un sens contraire à tes vues, dis plutôt : *di melius – les dieux ont fait mieux.* Dans ces dispositions, rien ne peut t'arriver. XVI.98.5.601

Ces deux mots – *di melius*, « les dieux ont fait mieux » – marquent le triomphe d'un cœur capable de renoncer à ses préférences sans se renier lui-même, de façon qu'il rebondit avec souplesse sur ses frustrations. Cette élasticité est d'autant moins facile à mettre en œuvre qu'elle s'oppose à nos attachements. En admettant la souveraineté du réel sur les désirs humains, elle déplace la valeur à l'extérieur des « préférables » et, en quelque sorte, elle ouvre le cœur en grand – non pour qu'il renonce à agir dans le monde, mais pour qu'il y accepte ses limites et s'y adapte, même dans les moments difficiles. Alors, au-delà même de ce qu'il peut, au-delà de ses forces et de ses préférences, le cœur projette encore son amour et sa confiance.

Vers une sérénité dynamique

En mobilisant la puissance du superlatif, le précédent chapitre a complété la *morale du bien* par une *éthique de l'optimal*. Il y a là une manière originale de réfléchir, car en faisant de la vertu la meilleure conduite dans un cadre donné, cette perspective nous ouvre à une dimension où la quantité n'a aucun sens. Lorsque l'on considère le monde du point de vue de la vertu, on ne s'arrête plus à évaluer le *plus* et le *moins* : on ne compare pas les cœurs comme on évaluerait des patrimoines, on n'essaie pas de déterminer qui est le plus heureux ou le plus malheureux, etc. Parce que le bien ne se mesure pas au poids, la perspective de la vertu relève du qualitatif pur.

En ce sens, le caractère absolu de la vertu ou, si l'on préfère, sa structure superlative, autrement dit sa nature exclusivement qualitative, fonde une *éthique de la satisfaction* où circule une joie de vivre que rien, absolument rien ne peut dépasser ni diminuer. L'accord pratique avec les circonstances est une source inépuisable d'amour pour ce monde ; et la reconnaissance de la vertu dans notre propre action alimente une joie d'être soi très intense. Sénèque nous introduit ainsi à une conception originale du bonheur, où les mouvements constitutifs de la vie du corps (les quêtes et les fuites) laissent place à des satisfactions qui n'ont rien à voir avec eux.

> Une conduite honorable est le bien absolu, celui qui rend la vie parfaitement heureuse, ce qui rend bon tout ce qui le touche. XX.118.10.736

Sénèque, c'est frappant, ne décrit pas la « vie heureuse » comme celle où l'on rencontre le

« bien » partout. Il décrit un mouvement où le bien se trouve en position centrale et laisse venir à lui « ce qui le touche », qu'il convertit aussitôt en « bon ». Dans l'instabilité des situations et des sensations du corps, le « bien » semble fonctionner comme un point de référence parfaitement immobile, ce qui ne varie pas pendant que tout le reste varie.

C'est que la joie qui définit le bonheur s'appuie sur l'expérience perpétuelle, sans cesse renouvelée, de la vertu. Comme on l'a vu, cette perspective est *insensible* aux variations du plaisir et de la douleur, car elle ne relève pas du même registre d'expérience. La lumière n'a pas d'odeur ; de la même façon, le bien qui oriente les actions est entièrement *inaccessible* aux impressions, sensations et impulsions du corps : cela ne le concerne pas.

Telle est donc la formule du bonheur *impassible*. Il est le propre d'un cœur qui ne se situe pas sur le même plan que le corps tel que nous le percevons par les sens, et qui ne laisse pas ses émotions être dictées par ses perceptions. Ainsi, lorsque le cœur a appris à se diriger lui-même, lorsqu'il tient son attention concentrée sur le bien, lorsqu'il a suffisamment appris à émanciper le corps, sa conduite ne relève plus de la quête ou de la fuite des « préférables », car il savoure invariablement la joie de percevoir sa valeur intime, qui est aussi une joie d'exister en ce monde. Cette double joie n'est pas proportionnelle à la quantité de plaisir ou de souffrance que son corps rencontre dans les choses, les êtres ou les événements, car elle est sans mesure. Ce que l'individu tout entier savoure, ce à quoi il se consacre sa vie entière, c'est l'expérience incomparable de la vertu.

On le comprend : ce bonheur-là ne peut jamais cesser dès lors que la vertu est continuellement en train de s'éprouver elle-même, soit en train de s'accomplir, soit dans le mouvement d'apprendre. Ce bonheur-là exprime la fixation de notre attention sur le bien que nous savourons au *meilleur* de nous-mêmes, sans tenir compte des remous que nos perceptions ne cessent de traverser. Il ne se réduit pas à la joie d'être ceci ou cela, il est, plus fondamentalement, le *bonheur d'exister* quoi qu'il advienne. « Que c'est beau d'être là sans rien faire, spectateur de toute cette foire, quand on n'a soi-même rien à acheter ni à vendre ! » XX.118.3.734

Ainsi, en faisant de la vertu l'expression du bien et non sa recherche, Sénèque n'interprète plus le bonheur en termes d'*état*, mais en termes de *rapport*. En effet, le bonheur n'est pas un état de béatitude dans lequel le sage se trouverait

entièrement détaché de ses impressions sensibles : cela ne serait pas compatible avec une existence matérielle, il faudrait être privé de corps. « Le sage surmonte n'importe quelle adversité, mais il
I.9.3.62 les ressent toutes. » Aussi longtemps qu'ils vivent, les humains ne cesseront jamais de percevoir des impressions, donc de connaître plaisirs et douleurs. L'*impassibilité* se définit plutôt par la satisfaction de traverser *n'importe lequel de ces états*. Comme il arrive qu'on reste pied au plancher dans une petite voiture aussi bien en montée qu'en descente, le sage sait que son cœur est tourné vers l'action optimale dans les coups de chance comme dans l'adversité, de sorte que sa satisfaction reste intacte dans tous les cas.

En ce sens, le bonheur ne consiste pas dans l'*agrément continu* d'une vie qui nous conviendrait à tous les instants. C'est évident, il serait absurde que l'impassibilité consiste elle-même en un plaisir particulier ou en une émotion, alors qu'elle se situe sur un plan différent des sensations et des affects. Non, le bonheur des sages se définit par la constante *sérénité* issue d'un sentiment intime, par lequel ils accueillent et surmontent n'importe quelle configuration, positive ou négative, agréable ou tragique : celui de la confiance que leur cœur y cherchera toujours l'optimal de la vertu humaine. Voilà pourquoi ce bonheur n'est pas aussi sautillant que le reste de nos joies.

> À ton avis, est-ce qu'il suffit d'un visage souriant et, comme le disent les snobs, « tellement épanoui », pour mépriser la mort, laisser la pauvreté entrer chez soi, tenir les plaisirs en bride, s'entraîner à endurer les souffrances ? Celui qui réfléchit à tout cela fait l'expérience d'une grande joie, mais elle ne l'inonde pas de caresses. C'est cette joie-là que je veux que tu possèdes. III.23.4. 128-129

Pour éclairer cette distinction entre deux types de joie – celle du quotidien, liée aux variations des perceptions du corps et aux événements de la Fortune, et celle de la sagesse, qui ne bouge pas et qui ne varie pas –, on peut faire la différence entre *se réjouir* et *savourer*. En effet, on se réjouit dans le cadre de la bascule décrite par Épicure dans l'alternance des plaisirs et des peines : cette émotion suppose nécessairement de sortir d'un état contraire. Pour se réjouir, il faut d'abord s'être attristé, ou ennuyé, ou pris dans les embarras. Le bonheur que produit la vertu se structure autrement, car il consiste à savourer ce que n'importe quel mouvement vers le haut ou le bas laisse entièrement intact. Il repose sur un bien qui ne s'épuise pas dans le sentiment que l'on en a ni dans l'impression d'un moment, car il désigne la conscience indéfectible de la valeur de l'existence.

Cette valeur, les sens la perçoivent parfois dans un coucher de soleil, dans un lever de lune, devant l'immensité de la mer ou du ciel étoilé ; le cœur, lui, la perçoit avec la même intensité lorsqu'il savoure son existence comme le terreau de la vertu, regardant le monde comme une école de vertu, profitant de sa conscience de lui-même pour y contempler et cajoler le bien qui s'exprime dans sa conduite. « Souvent, [la sagesse] me laisse aussi stupéfait que la voûte céleste : régulièrement, je la contemple comme
VII.64.6.284 si je la voyais pour la première fois. »

Ainsi, le modèle du bonheur n'est pas la *fête permanente*, car une fête se définit comme une rupture dans la routine ; elle marque un moment d'exception dont les joies bruyantes, exaltées, se distinguent du reste de la vie. La continuité du bonheur stoïcien en fait plutôt une *cérémonie perpétuelle* qui transfigure la vie entière ; elle répond à tout événement, sans exception, par un hommage que l'on ne cesse de renouveler envers soi-même, envers sa propre humanité et envers tout ce qui la dépasse – ce que Sénèque
XI.87.21.471 appelle « le divin » situé « dans le cœur ».

Ce rapport amoureux au monde ne procède ni de croyance ni de magie, mais d'une force d'aimer stabilisée par la raison qui s'exprime dans la joie et qui apprend, s'ouvre et se renforce dans l'adversité. Il permet d'embrasser, d'accueillir et de dépasser toutes les étapes de notre trajectoire, sans jamais perdre de vue que chacune d'entre elles ne demande qu'à renforcer notre valeur à nos propres yeux, à condition d'adopter envers elle l'attitude requise.

En définitive, il ne faut peut-être pas exagérer l'opposition entre les deux types de joie, celle de la vertu, parfaitement stable, et celle qui nous rattache à l'extérieur, très volatile. En effet, l'*impassibilité* est plus souvent dynamique qu'immobile : elle désigne la force qui nous relève toutes les fois que nous tombons, celle qui nous rassure de nos inquiétudes, qui nous console de nos chagrins, qui apaise nos peurs, etc. Même le plus grand sage, celui qui se contente parfaitement de lui-même, le fait encore de manière dynamique – en rappelant perpétuellement ses perceptions à lui-même – et non de manière statique, comme s'il se figeait dans sa sagesse une fois pour toutes. Il est hors de portée de la Fortune, mais elle continue de lui apporter des épreuves. Le socle inamovible de sa dévotion au bien, qui ne cesse d'alimenter et d'affermir son cœur, le stabilise, mais n'a pas vocation à l'immobiliser.

Cela permet d'interpréter la sagesse, que la tradition stoïcienne présente comme un absolu, en termes de proportions : *plus* notre attachement au bien est solide et ferme, *plus* il nous rend capables de nous apporter à nous-mêmes des satisfactions qui compensent et qui surmontent nos fluctuations, nos emportements trop enthousiastes et nos frustrations blessées. En effet, la source de la plus grande satisfaction tient en
VII.66.3.294 ceci que « la vertu naît en tous lieux ». Cette conception engendre une posture autrement plus puissante que celle de voir, comme on dit, *le verre à moitié plein* ; avec Sénèque, on le contemple *sans avoir soif*. D'où notre cœur peut-il tirer cette absolue satisfaction ? C'est pourtant simple : dès qu'il ne s'arrête plus au verre, il sent partout couler des sources.

III

Infaillible

Écouter les voix

« On ne dit jamais assez ce qu'on n'a jamais fini d'enseigner. » III.27.9.148

Comment vivre vrai ?

Théoriquement, les profondes réflexions de Sénèque devraient transformer notre vie sans délai, du tout au tout. Pourtant, les raisonnements les plus justes, les mieux fondés, échouent souvent à nous faire embrayer sur des actions concrètes ou sur des conduites permanentes. À la lecture des précédents chapitres, combien ont relu les grands drames de leur vie comme des événements finalement « indifférents » ? Combien ont changé d'attitude envers les êtres qui les irritent, collègues et supérieurs, membres de la famille, ex-conjoints, etc., pour savourer pleinement l'exercice de la vertu ? Sénèque le déplore :

> Si tu soulages quelqu'un de la folie, tu lui rends la santé ; mais si tu éradiques ses fausses opinions, il ne se met pas aussitôt à accomplir
> XV.94.36.555 scrupuleusement ce qu'il doit.

Cela ne fait aucun doute, l'aspect le plus exigeant de l'éthique consiste moins à saisir des raisonnements subtils qu'à aligner sur eux nos sentiments, nos émotions, notre conduite, autrement dit à transformer les vérités philosophiques en un engagement *vécu*. Rien n'est plus difficile. En effet, bien qu'accueillir la vérité aille de soi du point de vue de l'intellect, il arrive souvent que nous refusions *activement* de mettre en œuvre les implications pratiques de la philosophie – précisément parce que nous ne sommes pas de purs intellects. Dans ces cas-là, les belles pensées échouent à descendre assez profondément en nous, elles n'infusent pas comme on le leur demande : pendant que l'esprit déploie ses idées, le cœur ne s'y plie pas, le corps ne les sent pas. Les pensées se dégradent alors en une forme de rêverie qui n'aboutit sur aucun changement. Sans l'adhésion du cœur et sans la perception du corps, nos résistances annulent en quelque sorte la validité des raisonnements éthiques : ils sont « peut-être vrais », comme on dit, avant d'ajouter « mais… ».

Pourtant, l'éthique ne peut pas se contenter de « vérités » qui seraient seulement théoriques. Elle ne peut pas admettre qu'une proposition soit « vraie mais… ». Cette situation réclame de repenser la nature de la vérité à partir de cette évidence : une vérité que l'on perçoit *vraiment* doit rayonner dans toutes les dimensions de notre matérialité et produire des effets tangibles.

L'alignement sans faille propre à la sagesse est ce qu'on pourrait désigner par le terme d'*infaillibilité*. Bien sûr, on considère généralement qu'un raisonnement est infaillible lorsqu'il ne peut comporter aucune erreur, de sorte qu'une personne infaillible est celle qui ne se trompe jamais. Mais l'*infaillibilité* que Sénèque cherche avec courage désigne moins la capacité de ne pas se tromper que celle de ne jamais laisser les opinions, les perceptions, les émotions ou les mauvais exemples nous faire *agir contre* ce que nous *savons* être vrai, c'est-à-dire contre la conduite honorable que nous indique notre perception du bien.

Rechercher pour nous-mêmes l'*infaillibilité* suppose donc de considérer de plus près notre rapport tumultueux au vrai. En exigeant qu'une

vérité soit pleinement vécue, la recherche éthique
ne vise pas un idéal, au contraire, elle retient
notre valeur de s'évaporer dans un monde qui
ne serait que théorique. Pour conformer notre
conduite aux recommandations de la vertu, il
est indispensable de trouver « un point de vue
qui te permette d'adhérer plus pleinement à ce
XIX.115.1.710 que tu penses et ressens » : ce rapport harmo-
nieux entre les pensées et les ressentis est une
condition incontournable pour que notre vie
ait du sens.

Organiser le sens

Nous devons bien l'admettre, l'expérience du stoïcisme est contrariante à plusieurs niveaux. Pour commencer, cette philosophie propose des conceptions tellement contre-intuitives qu'elle ne cesse de mettre au défi notre souplesse intellectuelle. Manier ces pensées constitue en soi une sorte d'épreuve : pour que notre esprit y accède, elles requièrent de lui de curieuses contorsions. Une fois ouvertes, les perspectives qu'elles indiquent requièrent que l'*on s'y tienne* sans se mettre aussitôt à penser à autre chose. Cela suppose une telle fermeté de cœur que, souvent, nos émotions *n'en peuvent plus*. Alors, des profondeurs du corps, on sent monter en soi une rébellion d'abord sourde, puis de plus en plus nette, qui se répand bientôt en une déferlante d'objections venues des quatre coins de l'expérience.

L'incohérence entre nos idées et nos actes se conçoit de la même manière que les résistances soulevées en nous par le stoïcisme. La plupart du temps, nous avons tendance à mettre nos incohérences sur le compte des émotions – en particulier lorsque nous nous laissons emporter *malgré nous* par la tristesse, par le désir, par la colère, etc. Pourtant, la force qui nous emporte ne signale rien d'autre que la disponibilité de notre cœur à des mouvements extérieurs où il s'enlise et se perd. Pour le ramener à lui-même, il convient de l'aider à *s'appartenir* à lui-même. Comment s'y prendre ? Tous les confidents du monde savent répondre à cette question : en recueillant les paroles des personnes qu'ils aiment, ils leur permettent de se mettre au clair avec leur propre situation, le plus souvent sans avoir rien d'autre à faire que de les écouter. C'est l'indice qu'en faisant remonter l'organisation des choses jusqu'au niveau de paroles explicitement dites, on peut apprendre à corriger ce qui est absurde ou incohérent dans l'esprit, le cœur ou le corps, par un usage habile des *signes*.

Ainsi, nos incohérences existentielles attirent l'attention sur la manière dont les significations des choses ou des événements se trouvent plus ou moins brouillées, plus ou moins éclairées par notre usage des signes. Cela révèle l'existence d'une nouvelle dimension de notre matérialité : celle des fabriques de signification, où les phénomènes matériels prennent la valeur de *porteurs de sens*. Les mots, parce qu'ils ne se réduisent ni à des formes écrites ni à des sons prononcés, sont parmi les plus puissants des signes, mais ils sont loin d'être les seuls. Au croisement des idées et des choses, ils témoignent de réseaux de signification qui circulent parmi les individus, entre les corps.

De ce point de vue, toutes les fois où la sagesse peine à convertir nos émotions, toutes les fois où notre corps résiste à ses enseignements, cela ne témoigne pas tellement de la puissance insurmontable des affects ou de l'obstination irrépressible des impulsions du corps, mais plutôt d'un défaut de cohérence dans l'organisation générale du sens, là où les signes – et en particulier les mots, mais pas seulement – jouent et peuvent jouer un rôle décisif, *sauf* lorsqu'ils échouent à assurer une cohérence suffisante. Voilà pourquoi une approche formelle de la philosophie l'a définie comme un discours à la recherche de la cohérence parfaite : pour les fondateurs de l'école stoïcienne, il s'agissait de défaire patiemment les discours incertains et les associations d'idées où nous nous empêtrons, afin de nous émanciper grâce à la capacité, propre à l'esprit, d'établir la vérité sur des enchaînements rigoureux.

Pourtant, aux yeux de Sénèque, ce qu'on pourrait appeler *la voie de l'intellect* fait courir le risque d'accorder trop d'attention aux mots et de donner aux raisonnements une force qu'ils n'ont pas. À couper les cheveux en quatre pour définir ceci ou cela, on engendre une disproportion ridicule entre les moyens et les fins :

> Toi, contre la mort, tu tires de petites fléchettes ? Tu vas combattre un lion avec une aiguille ? Tes mots sont très précis, mais rien n'est plus précis qu'une barbe d'épi : il y a des choses qui perdent tout usage, toute efficacité, à force d'être subtiles. X.82.24.429

Ici, Sénèque dénonce à la fois une dérive de l'école stoïcienne et un délire propre à tout un chacun. Il est d'abord scandalisé que, chez les auteurs les plus anciens et les plus vénérés, le souci de cohérence formelle ait fini par embarquer l'effort de penser dans des arguments hors sol, inaptes à convaincre et indignes de leurs enjeux. En même temps, il pointe une tendance de l'esprit humain à rechercher – tout comme notre corps – des satisfactions qui lui plaisent à lui seul : notre esprit se laisse facilement fasciner par les formes logiques. Or, à mesure qu'il surinvestit la cohérence des mots en oubliant les choses, il se détache de la réalité des émotions et des situations, de sorte que son raisonnement finit par perdre tout contact avec les objectifs qui définissent la philosophie, la réduisant à un simple jeu de mots. En ce sens, il est crucial d'admettre que les plaisirs que ressent l'esprit dans les jeux formels ou dans les effets de pouvoir (lorsqu'on ressent de la fierté d'en savoir plus que les autres) nous fascinent tout autant que les délectations aveugles du corps. En cela, les humains laissent souvent leur désir de *savoir* ou leur volonté d'*avoir raison* les aveugler ou les entraver dans leur chemin vers la *vérité*.

Sénèque propose donc de recentrer notre effort de penser autour d'un critère pragmatique : la rigueur formelle devient alors secondaire par rapport à l'exigence éthique. Déterminer, par exemple, s'il vaut mieux appuyer la philosophie plutôt sur la physique (comme le veulent les Épicuriens) ou sur la logique (comme le veulent les Stoïciens), cela ne l'intéresse pas tellement : chez lui, l'ordre des *priorités* prévaut sur celui des *fondations*. De cette manière, la philosophie n'est plus seulement réductible à une étude, elle devient une *pratique rationnelle générale* où toutes sortes de signes et de gestes prennent autant et plus d'importance que les mots.

Avec une telle conception, Sénèque nous incite à nous montrer relativement *indifférents aux contenus de savoir*, car leur valeur éthique dépend exclusivement de leur puissance transformatrice. Cela est d'autant plus difficile à admettre que l'illusion formaliste – celle qui nous porte à croire qu'il suffit que les mots et les idées soient bien articulés pour qu'une pensée ou une proposition soient *vraies* – satisfait le désir de l'esprit. Mais la philosophie procède d'une appréhension globale et non seulement intellectuelle de la puissance des signes. Dans ces conditions, il n'est plus acceptable d'affirmer qu'un discours puisse être à la fois *vrai* mais *trop peu convaincant* : si la vérité désigne un *sens* intimement *vécu*, il est essentiel de considérer un tout autre maillage entre théorie et pratique.

La raison dans les choses

Les fondateurs grecs de l'école stoïcienne – Zénon de Kition, Chrysippe de Soles et d'autres – voulaient simplifier les questions existentielles pour les rendre maniables : excellents logiciens, ils leur donnaient une forme abstraite pour les traiter avec une rigueur impeccable. Ce tournant linguistique opéré par les Grecs, Sénèque le complète et le corrige par un virage typiquement romain – un tournant pragmatique – qui refonde en profondeur la notion même de *sens*. Car sous les signes, il y a des choses, tout comme derrière les noms, il y a des femmes, des hommes, des corps et des cœurs, des émotions, des opinions, des situations. C'est là qu'il faut chercher la vérité.

> Écoute, selon moi, c'est la vie tout entière
> qui nous ment. Démasque-la ! Si tu es si subtil,
> V.45.10.203 ramène-la sur le chemin du vrai.

Sénèque déplace ici la notion de vérité depuis des propositions vraies ou fausses vers le défi que constitue notre propre expérience lorsqu'on l'aborde sous le registre du *mensonge*. Dès lors que l'expérience que nous avons de nous-mêmes et du monde est biaisée par nos opinions, déformée par nos préférences, grossie par nos craintes, etc., la vérité ne peut pas se contenter de *décrire* ce prétendu réel : elle ne ferait que répéter le mensonge. Par conséquent, la vérité ne peut pas consister en *mots exprimant les choses* plus ou moins habilement, elle consiste en *choses fonctionnant comme des signes* que l'on déplace en permanence de diverses manières. Ce travail est d'autant plus crucial que ces signes, à la mesure de leur force, donnent leurs formes aux rapports des êtres et des choses. C'est donc en agissant sur les signes en général, et non sur les mots, que nous devons mobiliser notre raison pour y trouver le « chemin du vrai ».

Ce déplacement est d'une telle profondeur qu'il mérite plusieurs remarques. Il signifie d'abord que l'éthique n'est pas une étude des comportements humains qui suivrait simplement les détails des émotions, par exemple, sans avoir d'impact sur qui les étudie. Dans ce contexte, *un discours vrai n'est pas celui qui décrit, mais celui qui transforme.* Il engage un savoir, mais ce savoir n'objective pas le monde, il n'engendre pas une distance entre sujet et objet, il ne prépare personne à manipuler contre son gré l'objet qu'il vise. La vérité dont parle Sénèque est celle qui *engage* ceux qui y prennent part : à mesure qu'elle se fait jour, elle assouplit les rapports de l'esprit qui comprend avec ce qui l'entoure. Par conséquent, une idée qui ne vous fait aucun effet, vous ne pouvez pas dire en connaître la *vérité*.

Cette conception introduit une fascinante progressivité dans l'acte de comprendre. Car, dès lors que *ce qui est vrai est ce qui vous transforme*, il ne suffit pas de dire « oui » ou « non » à une proposition. La vérité engage une *force* dont on ne se pénètre pas immédiatement. Comme n'importe quel aliment, elle doit descendre dans le corps ; il doit la malaxer, la digérer, l'assimiler. Tant que la vérité d'une proposition philosophique n'est pas *perçue* par le corps, tant qu'elle n'*émeut* pas le cœur, tant qu'elle n'a pas d'*effet* sur la conduite, on ne peut pas se vanter de l'avoir comprise – tout au plus a-t-on (peut-être) *commencé* à la comprendre, commencé à se mettre sur le « chemin du vrai ».

Or ce chemin ne consiste pas en une ascension vers le ciel des idées pures, comme c'est le cas chez Platon, ni dans les coulisses métaphysiques de l'être, comme chez Aristote ; il a l'aspect d'un terrain rocailleux que l'on gravit au fil des contrariétés quotidiennes et des tentations surmontées. Cela engage à valoriser le chemin plus que le résultat : la vérité ne s'attribue pas à une proposition simplement déclarative ; sa valeur dépend de la manière dont un *cheminement singulier* aboutit à une proposition. Autrement dit, toute vérité tient sa valeur de la manière dont on la trouve.

Selon cette perspective, « comprendre » ou « raisonner » signifient immédiatement « se comprendre » ou « se raisonner ». Cela permet de reconnaître une dimension de *réflexivité* consubstantielle à l'usage des signes. Elle consiste moins à se regarder soi-même, selon un modèle visuel où l'on s'observerait comme dans un miroir, qu'à confronter ses propres pensées, sensations, émotions, désirs, projets, etc., les uns aux autres. Parce qu'elle est irréductible au monde des objets extérieurs, cette réflexivité nous émancipe de notre aliénation à l'extériorité justement à mesure qu'elle institue une nouvelle forme d'expérience. Elle arrache notre attention au présent immédiat, elle suspend nos réactions mécaniques, elle ouvre un terrain où c'est la cohérence des signes, autrement dit notre propre cohérence, qui est en jeu.

Dans ce contexte, la raison ne se définit plus comme une faculté d'articuler des arguments ou de contempler des idées « par les yeux de l'esprit » ; elle désigne une pratique d'examen de notre usage des signes, un travail d'accordage et de mise en cohérence des dimensions les plus sombres, les plus troubles de nous-mêmes, avec les plus claires, les plus tranchées. Cet examen permet de corriger certaines associations d'idées, de renoncer à certaines complaisances : c'est ce qui constitue sa dimension *critique*. Mais ces efforts d'exploration n'aboutissent jamais à aucune « objectivation » de soi car, il faut y insister, la vérité réflexive *n'est pas* descriptive ; elle ne vise pas une *mise en mots* ; elle assure sa progressive *mise en œuvre*, c'est-à-dire qu'elle consiste en des actes accomplis, des attitudes observables, des émotions vécues.

Ce n'est donc pas en lisant Sénèque, ni en examinant ses arguments, que l'on raisonne à proprement parler. La raison n'entre en scène qu'au moment où cette organisation des signes se confronte à d'autres signes – des souvenirs, des modèles, des sensations, des habitudes, etc. – inextricablement intriqués. Ce que vise alors la philosophie n'est évidemment pas de se donner la satisfaction intellectuelle d'avoir saisi telle ou telle idée, ni d'avoir formulé tel ou tel rapport d'une manière élégante. L'esprit n'a pas vocation à s'approprier et à revendiquer pour lui-même toutes les forces vives de notre humanité, mais à orienter ces forces pour qu'elles s'accomplissent dans notre conduite. En ce sens, la raison n'a rien d'une faculté purement mentale. Elle consiste à garder « la vertu et le cœur présents à tout
XIV.92.30.536 son corps ».

Sentire, ou le corps philosophe

On commence à l'apercevoir, la vérité constitue un défi multidimensionnel qu'on ne relève pas simplement par des déclarations, même rationnellement fondées. Notre réflexivité définit un espace de transformation où la raison va beaucoup plus loin : elle a pour fonction de mettre en harmonie l'esprit, le cœur, les perceptions, les images, les relations privées, les relations publiques, les souvenirs du passé, les projets d'avenir, et ainsi de suite. Si l'on oublie l'ampleur de ce défi en attachant son attention aux rapports logiques qui affleurent dans le langage, on se condamne à *parler pour ne rien faire*.

Chez Sénèque, un terme latin éclaire comment ce défi se pose : il s'agit du verbe *sentire*. Il faut tellement d'autres mots pour le rendre en français que son unité semble d'abord incompréhensible. En effet, *sentire* signifie à la fois « percevoir » (c'est de là que viennent nos cinq « sens » et le verbe « sentir ») et « se rendre compte », ce qui pour nous signale une perception par l'esprit, mais aussi « avoir un avis », ce qui pour nous exprime plutôt un acte de jugement, et même plus largement « penser », où l'accent est mis sur le fait que la pensée (correcte ou incorrecte) est clairement *vécue*. L'amplitude de ce terme en latin traverse nos représentations divisées du corps et de l'esprit, de la sensation et de la pensée, puisqu'il peut signifier l'une comme l'autre et se rapporter à n'importe laquelle de nos dimensions. Au XVIIe siècle, Spinoza le reprendra de Sénèque pour l'utiliser dans son *Éthique*, où j'ai choisi de le traduire par « avoir un point de vue » : c'est la seule expression qui rende compte en français d'une attitude que l'on n'attribue spécifiquement ni au corps, ni à l'esprit, ni au cœur : même si elle mobilise une métaphore visuelle, elle s'applique à n'importe quelle dimension de notre matérialité, en tant qu'elle définit une approche des choses *située*, *orientée* et *vécue*.

Sentire, c'est donc exister sous une forme ouverte et individualisée où ce que nous sentons détermine notre vision du monde, où cette vision détermine notre attitude, et où cette attitude détermine notre rapport au monde. De cette manière, *sentire* décrit la boucle qui unit chaque être aux choses qui l'environnent par un jeu d'échanges réciproques et d'expériences diversifiées. Bien sûr, ce que chacun « sent » et « ressent » pourrait très bien définir simplement une *identité*, si ces « sentiments » au sens large (perceptions, émotions, conceptions, etc.)

étaient cohérents entre eux. Il est plus exact de dire que notre identité individuelle tend à exprimer une nature en cours d'évolution, dont l'accomplissement suppose la mise en cohérence progressive, *dynamique*, de toutes nos dimensions. Réciproquement, cela implique que toute situation où nos incohérences deviennent problématiques ou douloureuses ouvre une porte pour que la philosophie s'y engouffre et y cherche le « chemin du vrai ».

> Voici, en bref, notre intention : disons les choses telles que nous les sentons, et sentons les choses telles que nous les disons. IX.75.4.366

En formulant de cette manière l'exigence fondamentale de l'éthique, Sénèque laisse ici percevoir comment la philosophie articule les mots et les choses à partir de leur rouage intermédiaire, le *sentire*. Son propos consiste à créer entre les mots et les choses une *chambre d'écho* où des éléments profondément hétérogènes – c'est-à-dire des images et des émotions, des paroles, des expériences, des souvenirs, des opinions, etc. – entrent en *résonance* les uns avec les autres, de sorte que la raison y remplit la fonction de les *accorder*.

Bien entendu, cette chambre d'écho n'est qu'une métaphore pour le principe de réflexivité ; mais là où une tradition centrée sur la conscience interprète la réflexivité comme le geste *mental* de se retourner sur soi-même, Sénèque la distribue à toutes les dimensions de notre matérialité. Dans son usage de *sentire*, il ne laisse aucune ambiguïté sur ce qui lui semble, depuis sa propre langue, une évidence dont personne ne doute : toutes les strates de notre être, du squelette aux papilles, de nos manières de dire à nos souvenirs d'enfance, de nos rapports de voisinage à notre régime alimentaire, tout *sent*, tout est empli de jugements, ou plutôt d'opinions, ou plutôt de pensées, ou plutôt d'affirmations sensibles et vécues. Le fait qu'elles ne soient pas toujours en cohérence, voire contradictoires, ne signifie pas qu'on ne puisse pas les aligner, car en dépit de leurs natures particulières, toutes ces dimensions obéissent à la Nature, principe d'évolution et de plasticité.

Par conséquent, la pensée ne fabrique pas toute seule du « sens », entendu comme ce qui rend une phrase *signifiante*, une attitude *éloquente*, un geste *significatif.* Le sens procède de l'harmonie des signes, c'est-à-dire de la convergence de tous les *sentire* que nous vivons simultanément. Dans ce contexte, la raison se trouve d'autant plus décentralisée qu'elle est appelée de partout : par les contradictions de nos opinions, par nos douleurs et nos plaisirs, par les tensions entre nos relations, par les circonstances intriquées que la Fortune ne cesse de faire varier. En aucun cas la raison ne saurait imposer ce sens de l'extérieur – en recourant, par exemple, à des mots parfaitement articulés –, car l'écrasement autoritaire de toutes nos dimensions en une pensée unique n'aboutirait qu'à des déclarations verbales, superficielles. L'harmonie du *sentire* dépend d'une convergence où la signification n'est pas une affaire de mots, mais de signes incarnés et de sens vécus.

L'extraordinaire puissance de cette conception de la réflexivité vient de ce qu'elle montre nos perceptions, nos opinions, nos émotions et nos conduites se soumettant à leur examen *les unes par les autres* dans le but de s'harmoniser. Il ne s'agit donc pas simplement d'un dialogue avec soi-même, comme si la raison ou la conscience convoquaient à leur tribunal des témoins et des accusés. Entendue comme une *pratique rationnelle générale*, la philosophie a pour vocation d'investir et d'orienter les signes partout où nos incohérences les appellent, dans toutes les dimensions où la puissance réflexive de la raison est requise. À l'articulation de la bonne foi et de la bonne volonté, elle ne se destine pas à « comprendre » quoi que ce soit hors sol, hors corps, hors contexte : en traquant la disharmonie dans les diverses strates de notre matérialité, elle vise à les *harmoniser.*

L'usage du vrai

Hélas ! Nous sommes si loin d'avoir l'amour du vrai rivé au corps que nos failles sont moins souvent des erreurs que des refus, des dénis, des aveuglements, où s'exprime un rejet actif (venu de quelle part de nous ?) de percevoir la vérité. C'est ainsi : dans le concret de leur existence, les êtres humains ne sont pas disposés en permanence à accueillir n'importe quelle vérité ; il faut la convergence d'un grand nombre de signes pour qu'elle rayonne en eux dans toute sa splendeur.

Par conséquent, il ne suffit pas qu'une chose soit parfaitement démontrée pour que le cœur y adhère ; il ne suffit pas de l'illustrer par une image frappante pour que l'on s'en souvienne ; il ne suffit pas de l'exprimer par une formule inoubliable pour que l'on agisse conformément à elle ; il ne suffit même pas d'avoir en tête les concepts fondamentaux de l'éthique pour adopter une conduite honorable dans telle ou telle situation. À bien considérer l'exigence éthique, il faut le reconnaître : rien ne *suffit* jamais.

Néanmoins, il arrive parfois que tout converge, que nous sentions ce qu'il faut faire et que nous le fassions. Pour favoriser ces effets de convergence, Sénèque nous engage à considérer le chemin du vrai comme une manière de faire *migrer* la vérité que contiennent les plus beaux enseignements, notamment ceux qu'il a reçus des maîtres stoïciens, *depuis les mots* vers d'autres types de signes, autrement dit vers des *actes* qui la manifestent. La question de savoir comment on passe de la théorie à la pratique s'en trouve complètement reconfigurée : cette opposition est remplacée par la variété des signes et par la capacité de saisir et d'exprimer la vérité philosophique sous différentes formes, dont les plus explicites ne sont pas les mots, mais les actes.

Sur ces fondements, il ne peut plus être question d'envisager la vérité d'une proposition comme si elle devait être évaluée hors contexte, par des juges neutres : elle ne peut se fonder en vérité que si et seulement si sa *formulation* est pertinente au moment précis où l'on en fait *usage*. Discuter à froid du « bien » du cœur et des prétendus « maux » de la Fortune, lire des ouvrages à ce sujet, y réfléchir entre amis, cela n'est qu'une pratique préalable, car la rationalité a pour fonction ultime de venir en aide au corps, au cœur et à toutes les dimensions de notre être, y compris donc à nos amis et nos compatriotes, quand le besoin s'en fait sentir.

Bien sûr, dans l'absolu, une vérité s'adresse indistinctement à tout le monde. Mais l'universalité de cette vérité-là procède de l'illusion formaliste, celle qui nous porte à croire qu'il suffit que les mots soient bien articulés pour que la pensée soit vraie. Mais si la forme *absolue* de la vérité se trouve *dans les choses*, il est hors de question de considérer comme *vraie* une assertion *correcte* dite à n'importe quel moment, de n'importe quelle manière. La vérité n'a de valeur qu'à proportion où l'on sait la manier sur soi et sur les autres de façon appropriée : elle est autant une affaire de tact que de lucidité.

Ainsi, toutes les affirmations stoïciennes généralement interprétées comme des paradoxes, des exagérations, des duretés excessives – la maladie n'est pas un mal, la mort d'un proche est indifférente, la douleur n'empêche pas le bonheur, etc. – prennent leur sens en tant qu'elles forment des réponses que nous devons adapter à nos affects et à ceux de nos proches.

Certains ont seulement besoin qu'on leur indique le remède. Pour d'autres, il faut le leur faire prendre. III.27.9.148

Afin de se maintenir sur le chemin du vrai, et nous avec, Sénèque s'efforce donc de fournir des repères capables de faire barrage lorsque l'intensité des événements le requiert. Dans les comparaisons, les métaphores et les analogies qui l'ont rendu célèbre, il mobilise ses sensations afin que le corps – le sien, le nôtre – s'y reconnaisse, c'est-à-dire y trouve *quelque chose qui lui parle*. Image après image, son élan philosophique cesse alors de se cantonner à l'activité exclusive de l'esprit : il devient un travail par lequel la dimension matérielle des signes s'efforce d'assimiler la vérité et de la faire admettre progressivement au corps, à partir de sensations connues et d'évidences sensibles, c'est-à-dire d'images frappantes. Bien entendu ! Dès lors qu'une vérité éthique suppose une mise en cohérence de tout notre être, la philosophie ne peut pas faire l'économie d'un travail consistant à modifier notre sensibilité par un usage habile des images, des souvenirs et des expériences. C'est de cette façon que la langue philosophique *prend corps*, même si c'est par les actes qu'on voit qu'une vérité est finalement *incorporée*.

De plus, comme l'oubli est l'adversaire de la vertu, la brièveté est l'alliée de la mémoire. Parler au corps et au cœur ne suffit pas, encore faut-il les *marquer*. Car plus une phrase claque fort, plus la vérité qu'elle exprime a de chances d'être mémorisée, plus la vertu qu'elle tend à faire advenir a de chances d'être mise en œuvre. Telle est la force des phrases brèves.

> On ne peut pas les entendre sans en être
> secoué ; personne ne peut émettre un doute
> ou demander : « Ah, pourquoi ? » Vraiment,
> c'est ainsi, sans raison, qu'irradie la vérité en
> XV.94.43.557 personne.

Tous les humains se réfèrent à des sentences dont ils connaissent la valeur : leur densité confère un *ancrage* à l'esprit en faisant taire les objections ; elles constituent des *appâts* pour le cœur, qui en reste d'autant plus marqué qu'elles le frappent vivement, et aussi des *balises* pour l'action, car leur concision les inscrit dans le corps.

Néanmoins, si l'oubli ne cesse de recouvrir même les pensées les mieux tournées – lorsque le corps se laisse fasciner par le plaisir ou accabler par la douleur, *oubliant* qu'il est un canal pour la matérialisation du bien ; lorsque le cœur se laisse emporter par l'attachement ou par les affects, *oubliant* de savourer sa propre vertu ; lorsque l'esprit adhère aux opinions, *oubliant* de mobiliser la raison pour se transformer –, c'est que la vérité vécue peut aussi se *désactiver* par défaut d'attention. Les variations et aléas de notre vigilance imposent donc au cheminement philosophique un travail de reprise qui n'a ni peur ni honte des répétitions. Avec Sénèque, le progrès éthique a la forme d'un perpétuel tournoiement : les résistances ne cessant de renaître, les arguments reviennent et varient, toujours à la recherche des failles qui leur permettent d'entrer en nous et d'y affermir la vérité.

En ce sens, la partie la plus noble de la philosophie telle qu'il la pratique consiste à enseigner aux humains ce qu'ils savent déjà : des *évidences* qu'ils mettent de côté, puis oublient, puis finissent par nier au point de ne plus vouloir se les avouer, comme s'il s'agissait d'un secret ou d'un crime.

> Le cœur prétend souvent cacher ce qui est le plus flagrant, voilà pourquoi il faut agiter devant lui les évidences les plus connues. […] Voilà pourquoi tu as besoin qu'on te rafraîchisse la mémoire encore et encore […]. Tout ce qui nous sauve doit être fréquemment

exposé, fréquemment employé, de sorte qu'il s'agisse moins d'une connaissance que d'un outil prêt à l'usage. Ajoute encore ceci : il est
XV.94.25-26. souvent possible de rendre les évidences plus
551-552 évidentes encore.

L'infaillibilité de l'écoute

En définitive, la vérité se rapporte moins à une *proposition* correcte ou à une *conception* vraie qu'à une *parole* à la fois *située* et *orientée.* Par conséquent, pour qu'une phrase *correcte* devienne *vraie*, il faut que l'acte de la dire ait un *sens* dans des repères de signification beaucoup plus vastes, plus incarnés, mieux partagés. Lorsque la question de savoir si telle ou telle chose est vraie ne s'articule plus à aucune forme d'engagement, sa vérité se *désactive.* Puis, lorsque les incohérences nées de ce manque d'intérêt deviennent trop douloureuses, sa nécessité s'impose de nouveau.

Ces curieux mouvements d'activation et de désactivation des vérités, indexés à leur pertinence à l'égard de contextes précis, s'observent dans les conseils que Sénèque prodigue de temps en temps à Lucilius. Par exemple, il lui recommande souvent d'envisager le pire ; puis il écrit : « garde en vue le meilleur ». Confrontées les unes aux autres, ces *propositions* brisent sans scrupule le principe de non-contradiction ; mais ces *paroles* ne sont incohérentes entre elles que parce qu'elles constituent des remèdes à des états contraires ou à des situations opposées. Invariablement orientées par l'exigence éthique, elles exercent l'esprit à ne pas se raidir sur une proposition ressentie comme vraie ; s'il fait face à un autre affect, elles l'entraînent à embrasser une autre idée, exactement comme on maintient son cap en orientant son gouvernail d'un côté ou de l'autre. Cela n'implique pas que l'on puisse dire n'importe quoi pour favoriser la vertu. La singulière souplesse que Sénèque introduit dans la notion de vérité, adaptant son discours au fil de l'expérience, montre plutôt qu'une parole de vérité, au lieu d'être limitée parce qu'elle est *située*, est puissante parce qu'elle est *orientée*. Elle ne tient pas sa valeur de son point de départ ou de sa localisation, mais de son mouvement et de sa destination. II.13.11.84

Cette conception permet de mieux articuler la pensée et la conduite pour développer l'*infaillibilité*, c'est-à-dire notre capacité à garder toutes les strates de notre être disponibles à la vérité et à la mise en cohérence qu'elle favorise, en nous et autour de nous. En effet, dans la pratique philosophique de Sénèque, la raison ne s'exerce pas depuis une place centralisée : la vérité entre par toutes les portes. Et ces portes sont les dissensions qui, parfois depuis les dimensions les plus obscures du *sentire*, revendiquent leur participation à l'élaboration du sens.

Ainsi, ce que nous considérions jusqu'à présent comme des résistances à la vérité se révèle désormais sous un autre jour. Ces résistances sont les *demandes* d'un sens qui cherche à accéder à la vérité, autrement dit des *voix* qui cherchent à accomplir leur nature par une conduite qui leur ressemble. Laisser exister en soi et parmi nous des perspectives ouvertement contradictoires, n'en réduire aucune au silence (car alors elle s'envenime et gagne en force, conspire et frappe), les mettre en circulation les unes avec les autres, est le moyen de favoriser leur mise en cohérence, en laissant les priorités s'organiser d'elles-mêmes. En effet, aucun être humain n'a besoin qu'on lui fasse violence ou qu'on use d'autorité pour qu'il mette le bien au-dessus du plaisir, la vertu au-dessus du désir de comprendre, la patience au-dessus du soulagement qu'on trouve parfois à s'exprimer ou à agir ; mais, pour que ces priorités lui deviennent claires, pour que les impulsions du corps ou les voix de l'opinion acceptent de céder, elles requièrent d'être écoutées.

La philosophie n'infuse donc la raison partout qu'à condition de *donner voix* aux dissensions qui s'expriment à tel ou tel niveau de notre expérience. De la même manière que, dans un arbre, la forme des branches répond aux positions des ombres et des lumières, au sens du vent, à la proximité d'autres arbres, etc., l'extraordinaire feuilletage de notre matérialité détermine pour chaque individu son chemin propre vers la vérité.

Cette conception d'une vérité qui dépend principalement d'une certaine qualité d'*écoute* implique plusieurs transformations. D'abord, on a tendance à associer la vérité à une quête volontariste ; mais la vérité éthique n'est pas un secret caché ou un trésor enfoui, elle se trouve partout à portée de main, car elle est *dans les choses.* À tout moment, « nous passons à côté de nombreux enseignements qui se trouvent sous nos yeux ». XV.94.25.551

Cette vérité-là ne requiert pas de nous agiter pour courir à sa recherche, ni de nous désespérer de ne pas la trouver, et encore moins de l'asséner ou de l'imposer (quand on croit l'avoir découverte) aux personnes qui l'ignorent. Du fait que la réflexivité n'a jamais besoin de plus que ce qu'elle a déjà, il s'agit moins de *rechercher* la vérité que de nous rendre disponibles pour *accueillir* celle qui se présente à nous sans cesse, sous toutes sortes de formes.

Dans cette pratique de mise en voix, la question d'articuler la philosophie et la conduite ne se pose donc plus *après réflexion* ; l'attitude réflexive devient constitutive d'une vie où nous apprenons à faire jouer entre elles toutes les strates du sens. Voilà pourquoi un livre d'éthique ne peut changer personne en tant qu'il n'est qu'une suite de mots : la vie ne peut changer que d'elle-même, à mesure que ses différentes dimensions interfèrent, improvisent, se répètent ou s'intriquent. Mais, puisque tout être vivant est disponible à une pratique incarnée de la transformation, certains mouvements de signes nous aident à nous améliorer, et c'est de cette manière que les mots et les concepts changent la vie, à proportion qu'ils entrent en résonance avec tout l'éventail des dimensions qui fabriquent des significations.

En définitive, on associe l'*infaillibilité* à un esprit qui ne se tromperait jamais, à une parole tellement fiable qu'elle dirait toujours le vrai ; elle correspond plutôt à une existence capable de mettre en cohérence toutes ses dimensions (et non seulement l'esprit), de sorte qu'elle dépend beaucoup moins d'une *parole* que d'une *écoute*. Bien sûr !

Qui peut moins se tromper que quelqu'un qui *écoute* ?

Quelle raison est plus fiable que celle qui *donne voix* ?

Qui peut moins se perdre que la personne qui tient compte de toutes les directions ?

Voilà pourquoi la sagesse est littéralement *infaillible*. Elle ne pérore pas assise une fois pour toutes sur ses savoirs sédimentés. Elle ne se dresse pas non plus sur le piédestal de ses valeurs. La sagesse de Sénèque est d'autant moins faillible qu'elle est plus ouverte aux dissensions. Elle nous invite à ne pas *lutter contre* les nouvelles vérités que nos expériences de vie, de lecture, d'amitié, etc., tendent à nous enseigner. S'il est trop difficile pour nous d'en *dire* quelque chose de vrai, on pourra toujours *incarner* cette vérité. De ce point de vue, le « chemin du vrai » s'achève dans la vertu. Et si la vertu ne se trompe jamais, c'est qu'elle enseigne en apprenant, et qu'elle apprend toujours.

IV

Exemplaire

Relayer la vertu

> « Laisse tes yeux effacer ce qu'ils ont vu,
> laisse tes oreilles s'habituer
> à des paroles plus saines. » VII.69.2.320

Les normes en cendres

Sénèque raconte qu'il y avait en Grèce, au IVe siècle avant notre ère, un philosophe nommé Stilpon de Mégare. Sa ville fut un jour attaquée et prise par l'armée macédonienne ; au cours des horreurs perpétrées par les envahisseurs, Stilpon fut fait prisonnier, sa femme et ses enfants massacrés, ses livres brûlés, sa maison incendiée. Ses conditions de vie venaient d'être anéanties lorsque ce philosophe attira l'attention de Démétrios Poliorcétès. Le général vainqueur s'étonna de son attitude si

ferme, si tranquille. Stilpon lui répondit : « Tous
I.9.18.67 mes biens sont avec moi. »

Stilpon a perdu sa femme et ses enfants dans des conditions atroces ; il ne verse pas une larme. Il ne lui reste plus rien, sa ville est en ruines, sa patrie détruite ; cela ne l'atteint pas. Il n'a nulle part où aller ; cela ne l'effraie pas. Son attitude déborde de si loin les cadres de notre humanité que, pour ma part, je la perçois comme monstrueuse. Sénèque, lui, y voit le comble de la sagesse.

> On s'émerveille que certains animaux puissent passer au milieu des flammes sans dommage pour leurs corps. Tellement plus merveilleux un homme qui sort sans blessures ni trouble des combats, des destructions, des
> I.9.19.67-68 incendies !

Il y a dans cette histoire un excès de bravoure qui me laisse perplexe. Elle froisse trop de choses : la valeur que j'accorde aux attachements affectifs ; l'effroi et l'horreur de mon corps face aux atrocités ; le sentiment d'injustice et d'absurdité des guerres. L'histoire de Stilpon est sans doute une légende ; d'ailleurs, s'il a réellement prononcé ces mots, rien n'interdit de les interpréter comme une provocation, teintée d'un humour tragique et dévastateur, destinée à insulter le vainqueur. Est-ce que Sénèque lui-même ne rejette pas l'existence d'un sage étranger à toute émotion ? Il sait que nos sensations, nos affects et d'autres dimensions incontrôlables de notre être appartiennent à notre humanité.

Mais si l'attitude de Stilpon m'inspire une sorte de révolte, c'est qu'en la lisant, je m'observe, je me compare et je peine à trouver la vérité de ce qu'elle raconte. Cette manière de faire est tout le contraire de ce qu'enseigne Sénèque. Dans l'intention qui anime les *Lettres à Lucilius*, l'histoire de Stilpon ne tient pas sa valeur d'être une *description* de ce qu'est un sage ni une *prescription* de ce que nous devrions faire. Elle mobilise une forme très frappante de *vérité dynamique* par laquelle Sénèque cherche à se transformer, et nous avec lui.

Dans la tradition stoïcienne, cette conception du sage porteur d'une exigence, d'une droiture et d'une perfection absolues s'est imposée sous l'effet de la logique : « le sage » désigne un être relevant d'une perspective rationnellement définie où les « préférables » n'ont aucune pertinence. Pourtant, cette figure ne prend *valeur de vérité* qu'à partir du moment où elle produit ses effets sur des personnes réelles : c'est là, autrement dit en nous, et plus précisément par nos actes, qu'elle prend *corps*, qu'elle prend *sens*.

Dans les sociétés individualistes, il est très difficile d'admettre et de suivre les mouvements par lesquels une sagesse qui, au départ, *n'est pas* la mienne, et même me contrarie, peut trouver moyen de s'accomplir *en moi* et de révéler son sens *par moi*. En effet, nous rapportons généralement la conduite d'un individu et ses actions particulières à des motivations et à des circonstances qui ne s'appliquent qu'à lui. Le parcours de chacun est interprété à partir de ses choix et de ses responsabilités, parfois aussi de son caractère, de ses rencontres, etc.

Les Anciens ont une approche différente. Sous les fausses évidences de l'expérience, ils reconnaissent la normativité très contraignante des opinions. Ils ne conçoivent donc pas la liberté comme une faculté que l'on exerce sur le monde, mais plutôt comme une qualité que l'on développe au prix d'efforts et qui grandit avec la vertu. Elle est le privilège d'êtres d'exception, qui deviennent pour les autres des sources d'inspiration.

À bien y réfléchir, si l'attitude de Stilpon peut nous sembler choquante, c'est que personne ne se comporte de cette manière autour de nous. Les opinions et les comportements contemporains nous convainquent qu'il est impossible de se libérer à ce point de ses attachements et de ses émotions, d'embrasser aussi pleinement ses défaites, d'affronter sans angoisse l'avenir et la mort, d'être si parfaitement *centré* qu'on en devient *souverain* : on peut défier les généraux, les empereurs, mais aussi la souffrance et la mort. Du fait de leur fréquence, les comportements les moins honorables s'instituent comme des cadres d'action d'autant plus contraignants qu'ils semblent définir les frontières du possible et de l'impossible. C'est de cette manière que le cœur humain, prenant pour références les discours et les actes les plus banals, renonce aux perspectives du bien, du vrai, de la liberté, du bonheur. Rien n'est plus contagieux que la médiocrité… Sauf la vertu. Car la vertu aussi se passe et se transmet ; elle s'inspire de modèles et en propose d'autres.

Rompre avec le cadastre socialement établi du possible et de l'impossible pour instaurer librement notre échelle de valeurs, tel est l'enjeu de l'*exemplarité*. En effet, il n'y a aucun sens à croire que l'on puisse s'émanciper des normes sociales les plus affligeantes par le seul miracle de sa singularité individuelle. Remettre sa vie sur le chemin du vrai et y développer la liberté, cela suppose plutôt de contrarier ses tendances les plus conformistes et de favoriser le développement de vertus jusqu'alors insoupçonnées.

Telle que Sénèque la conçoit, l'*exemplarité* n'est donc pas le propre des bonnes élèves et des donneurs de leçons. Un comportement exemplaire est bel et bien celui que sa valeur pose en modèle, mais son enjeu n'est ni de correspondre à une norme préexistante, ni d'instituer des normes à imposer aux autres, ni de se distinguer par une singularité irréductible. En ruinant de fond en comble notre rapport aux normes, Sénèque vise l'accomplissement d'une humanité tellement forte, tellement pure, qu'elle en devient capable, comme Stilpon, de laisser s'écrouler les références anciennes et de « transporte[r] ses biens pareillement intacts à
I.9.19.68 travers les villes en cendres ».

L'usage des modèles

Mais convenons d'abord d'une chose : on ne saurait faire bouger les évidences du conformisme sans tenir compte de ses ressources, si extraordinaires qu'elles irriguent tous les apprentissages.

> Les enfants apprennent en suivant un modèle ; leur tenant les doigts, une main qui n'est pas la leur les guide sur les contours des lettres. Ensuite, on leur demande de les recopier

et d'y conformer leur manière d'écrire. Même chose pour notre cœur : on lui apprend par imitation, et c'est ainsi qu'on l'aide. XV.94.51.560

L'imitation joue un rôle d'autant plus important dans notre développement que les savoir-faire humains sont très sophistiqués. Dans les écoles romaines du Ier siècle de notre ère, l'écriture compte deux alphabets, latin et grec. Sur les murs, les enfants apprennent à lire des formules de sagesse si joliment tournées qu'elles font sourire Sénèque : « Va dans une salle de classe, tu verras que les grandes phrases que les philosophes déclament gravement sont des recommandations pour enfants. » XV.94.9.546 Enfin, parmi leurs exercices de rédaction, les élèves apprennent à raconter des faits et gestes remarquables, souvent empruntés à Tite-Live, qui construisent la légende de Rome et leur enseignent la vertu. Mettre en scène la déclaration de Stilpon de Mégare, par exemple, est un exercice de débutants en rhétorique.

Pourtant, du fait qu'une situation ne se produit jamais deux fois à l'identique, les « modèles » du cœur ne fonctionnent pas aussi simplement que des lettres qu'on recopie. Les Romains ne l'ignorent pas : en passant de l'enfance à l'âge adulte, un individu change et développe des qualités et des défauts, mais il ne devient jamais rien d'autre que lui-même : chacun accomplit sa nature. En d'autres termes, comme on ne peut pas *devenir* Stilpon ni aucun des grands héros de la République, les imiter n'est pas si simple qu'il le semble. Les singularités ne passent pas littéralement les unes dans les autres.

Néanmoins, l'usage des modèles a l'avantage de rendre explicite un questionnement fondamental et de fournir de quoi l'orienter. En effet, tous les petits humains apprennent à se comporter en imitant de manière approximative ceux qu'ils identifient comme leurs proches, membres de la famille ou du voisinage ; ils les choisissent par affinités, et ils en changent en fonction des expériences qu'ils vivent. Mais ils s'attachent aussi à des personnages qu'ils admirent, contemporains ou pas, et qui leur fournissent d'autres points de référence.

Ainsi, là où un questionnement sur le concept du bien ou de la vertu soulèverait de grandes difficultés, l'usage des modèles fait de la vie bonne une affaire de *récit*. Et la principale fonction de ces récits est qu'ils constituent pour les cœurs de tous âges un répertoire de références distinct des comportements qui leurs sont familiers. Les faits et gestes des figures au grand cœur leur permettent de ne plus prendre l'expérience individuelle pour référence unique : ils décentrent chacun depuis sa réalité simplement vécue, sédimentée dans son passé et donc tendanciellement répétitive, vers une réalité élargie, destinée à orienter l'avenir, dont la dynamique est tournée vers leur propre transformation.

Par différence avec des *normes*, que personne ne formule et que personne ne voit parce qu'elles semblent évidentes à tout le monde, les *modèles* proposent donc des figures explicites et bien identifiées. Pendant que les normes transitent involontairement, que les individus se les passent sans y prendre garde et sans se poser de questions, les modèles, eux, appellent l'attention sur les qualités qu'une société valorise, et tendent aux cœurs la « main extérieure » qui les guide à mesure qu'ils apprennent les contours de l'alphabet moral.

Surtout, en montrant de manière explicite ce que les normes tendent à cacher, les modèles ont encore l'avantage de rendre les normes *problématiques*. En effet, non seulement ils transforment la question « Comment vivre ? » en une affaire collective, mais ils lui en substituent une autre : « Comment ont-ils vécu ? » Par là, la *question narrative* rend les modèles de vertu disponibles à l'appropriation, puisque tous ceux qui en racontent l'histoire peuvent y répondre à peu près comme ils veulent, en soulignant tel ou tel aspect. De cette manière, à mesure qu'ils s'en approprient la narration, les élèves entrent donc en dialogue avec leurs modèles et les façonnent à leur image. Mais, bien sûr, s'ils tirent trop le modèle vers eux, ils finiront par l'effacer pour en faire, tout simplement, un *reflet* d'eux-mêmes.

On ne peut donc préserver la force d'inspiration qu'exprime un modèle qu'en évitant une trop grande proximité avec les circonstances familières et les émotions déjà vécues. Ce principe d'éloignement conduit les auteurs de tragédies, en Grèce comme à Rome, à ne raconter que des histoires grandioses de dieux et de déesses, de héros et d'héroïnes, de rois et de reines, pendant que les comédiens qui les jouent portent des chaussures compensées appelées des cothurnes (entre des bottes et des échasses), qui les font paraître plus grands que nature. Ce sens du grandiose est le point commun des modèles auxquels Sénèque fait référence. Ce sont toutes des figures *héroïsées*. Pourquoi ? Parce que, en nous présentant l'image de la vertu depuis les hauteurs, elles se destinent à nous inspirer une admiration qui nous décentre de nous-mêmes.

Pourtant, à mieux y regarder, l'écart que les « héros » creusent entre eux et nous s'avère extrêmement ambivalent : il peut former un appel d'air dynamique et inspirant, mais il peut aussi être vécu comme un gouffre favorisant l'auto-dévalorisation.

Le problème qui se pose à nous n'est donc pas d'apprendre à nous passer de modèles (cela serait contradictoire, car, pour apprendre et pour s'émanciper des normes, le cœur en a besoin), mais de faire en sorte que l'écart entre les vertus impeccables des êtres d'exception et nos propres capacités ne soit pas ressenti à notre détriment. Cet équilibre, Sénèque s'émerveille de le trouver dans les écrits aujourd'hui perdus d'un des grands philosophes romains, Quintus Sextius le Père (actif vers 50 de notre ère) :

> Sextius est également exceptionnel en ceci qu'il te fera voir la grandeur d'une vie heureuse, mais qu'il n'entamera pas ton espoir d'y parvenir. Tu comprendras qu'il s'agit d'une très haute ambition, mais qu'elle n'est pas inaccessible à ceux qui le veulent. La vertu elle-même t'en proposera autant : elle veut que tu l'admires sans désespérer de sa conquête. VII.64.5-6.284

Oser l'impossible

Un modèle se tient à une distance qui le rend admirable, mais dans la proximité indispensable pour être aimé. Sa vertu manifeste sa différence d'avec nous, et pourtant favorise une forme d'identification. Il nous fournit une aide pour nous orienter, sans nous priver de notre autonomie… Ces descriptions contradictoires pourraient se prolonger à l'infini car, en réalité, elles saisissent de manière trop superficielle ce qui fait la force transformatrice d'un modèle.

En effet, elles partent du principe que sa fonction consiste à fournir un *exemple* réel et attesté du bien, un *témoignage* de la vertu. C'est faisable, parce que c'est arrivé. C'est possible, parce que quelqu'un l'a fait. Les modèles incarneraient donc des *possibilités* que les grands hommes et les femmes d'exception auraient réalisées. Par là, ils établiraient un standard d'humanité d'autant moins contestable qu'il serait fondé sur les faits. Comme je suis un être humain, cela prouve qu'en moi aussi, il existe des réserves ou des capacités latentes qui, une fois manifestées par les modèles, demandent à être développées pour mon propre accomplissement.

Eh bien ! Cette interprétation, fondée sur la perspective de potentialités encore non réalisées, exprime peut-être une partie de notre expérience, mais c'est l'usage le plus fragile et le plus dangereux qu'on puisse faire d'un modèle. Est-ce qu'un athlète exceptionnellement rapide manifeste la possibilité, pour moi, de courir aussi vite que lui ? Ce serait exagérer jusqu'au mensonge les vertus de l'entraînement. De la même manière, si l'on considère que des personnalités irréprochables définissent ce qu'est un être humain, n'importe qui se trouvera aussitôt *mis en défaut.* Le sentiment de sa valeur ne s'en trouvera pas augmenté, mais diminué. Qu'on se compare à des héros de guerre et à des femmes visionnaires, qu'on mesure sa conduite à celle des personnalités les plus intègres de l'Histoire, sa sagesse aux plus grands maîtres : sauf à être d'un orgueil maladif, personne n'en sortira *grandi.* Ce n'est pas un hasard. Un modèle entendu comme une *possibilité prescriptive* donne à tout écart une valeur *en négatif.* Elle fait interpréter la différence comme une faiblesse, un défaut, une faute, un vice ou un échec.

Dans les *Lettres à Lucilius*, il se passe exactement l'inverse. Sénèque mobilise tous les ressorts de l'esthétique flamboyante de son théâtre pour s'assurer de situer les modèles *par-delà l'horizon du possible.* Prenons Mucius, modèle de bravoure que l'on donnait aux écoliers. En 507 avant notre ère, au cours du siège de Rome par le roi étrusque Porsenna, un simple soldat romain, Gaius Mucius Scaevola, s'introduisit de nuit dans le camp adverse pour tenter d'assassiner le roi. Découvert et interrogé par ses ennemis, il prit volontairement des braises dans sa main pour montrer qu'il ne craindrait pas la torture.

> Regarde-le, cet homme sans instruction, à qui personne n'a fourni de préceptes contre la mort ou la douleur. Pour toute préparation, il n'a que sa force de soldat. Il se fait mal pour se punir d'avoir pris une initiative qui n'a pas été couronnée de succès. Sous ses regards, sa main droite se décompose dans le feu ennemi ; il tient ferme. Sa chair part en lambeaux, laissant les os à nu, pourtant il ne la retire pas – jusqu'à ce que l'ennemi lui-même vienne éteindre le feu. En pénétrant dans ce
> III.24.5. camp, il aurait pu avoir plus de chance, mais
> 132-133 plus de courage ? Impossible.

Où est le mélange de distance et de proximité, ici ? Quelle forme de vertu m'est représentée, à moi, comme possible ? Comme accessible ? Comme imitable ? Dans une autre lettre, Sénèque y revient :

> Regarde-le, qui défie le cercle des ennemis et des flammes, qui garde les yeux fixés sur sa main pendant qu'elle grésille dans le brasier ennemi, jusqu'à ce que Porsenna, qui voulait le punir, envie sa gloire et finisse par ordonner
> VII.66.51.309 – contre son gré ! – de l'éloigner des flammes.

« Regarde-le » ! Si Sénèque insiste tellement, c'est parce que ces récits s'adressent au corps aussi bien qu'au cœur. Eh bien, plus je le regarde, plus je vois brûler la main de Mucius sans détourner les yeux, plus je ressens une certitude s'imprimer en moi : il n'est pas moi, je ne suis pas lui et je ne voudrais l'être pour rien au monde.

Pourquoi Sénèque rendrait-il l'horreur de la scène à ce point perceptible s'il ne cherchait pas à créer un effet *repoussoir* ? L'objectif de ce récit n'est pas du tout de nous amener à nous *identifier* au héros pour l'*imiter*, comme si celui-ci définissait des possibilités disponibles à tout le monde. Le texte nous oriente exactement dans l'autre sens : il encourage le réflexe du corps reculant face à la douleur pour que nous n'allions pas *projeter* vers Mucius une image de la vertu, mais pour que, *par contraste* avec sa situation, notre existence apparaisse comme le lieu d'exercer notre propre vertu. Le cas de Mucius n'est donc pas *normatif*, on n'y trouve aucun *moule* où couler nos actions, aucun *patron* à recopier, c'est l'inverse. Avec une violence libératrice, il nous renvoie à ce que notre existence, à nous, requiert de nous. Alors, bien sûr, tout semble plus facile que de mettre sa main à brûler dans le feu.

À bien y regarder, la puissance des modèles auxquels recourt Sénèque ne vient pas du tout de ce qu'ils ouvrent les possibles, mais de ce qu'ils adossent l'éthique à l'*impossible.* C'est de cette manière qu'ils inscrivent la vertu dans la réalité des cœurs et non dans le fantasme des images. Sénèque ne cesse de présenter des exemples éloignés, inaccessibles, parfois invraisemblables, afin que la vaste étendue qui nous sépare d'eux ne soit pas même vécue comme une *marge de progression*, mais ouvre par contraste une *marge de manœuvre* dans les circonstances de notre vie. Au lieu de favoriser notre identification à ce que nous ne sommes pas (ce qui serait pure illusion), il nous présente ce que nous ne serons *jamais.* C'est là, précisément, que commence notre propre histoire, dans un espace d'exploration et de découverte inédit, orienté par l'aimantation des modèles vers une meilleure version de nous-mêmes : au lieu de viser des actes *possibles* en craignant de les manquer, Sénèque nous demande de garder l'*impossible* sous les yeux et de partir de là. Pour aller où ? Eh bien, pour faire de l'*impossible* la catégorie d'action où notre liberté s'appuie, où notre vertu se développe. Quand on admet que la philosophie exige trop, toujours trop, exagérément trop de nous, cet excès d'exigence finit par faire craquer les limites du possible, c'est-à-dire qu'elle émancipe notre action des repères de l'opinion et de l'expérience : elle nous incite à *oser l'impossible.*

Comment un concept d'apparence aussi rigide, l'*impossible*, peut-il orienter notre action ? Partons de nos cadres habituels de pensée, nous verrons à quel point il les reconfigure.

Lorsque nous envisageons les actions que nous devons mener dans le registre du *possible*, notre esprit évalue raisonnablement les options en fonction de certains paramètres : dans la vie privée comme dans la vie publique, il fait des observations, des repérages, des simulations, etc., d'où il déduit leur faisabilité. Comme la rationalité est très prévoyante, elle considère les caprices de la Fortune sous l'aspect d'événements négatifs dont elle doit aussi évaluer les risques. En définitive, mener à bien un projet que l'on jugeait possible reste un acte incertain ; l'affect qui oriente et dirige l'action au moment où on l'entreprend est donc invariablement l'*espoir*. Par définition, cet espoir expose celles et ceux qui l'embrassent au risque d'être déçus ; il se transforme en regret lorsque les choses ne vont pas « comme il faut » ; et lorsque le projet réussit, on se réjouit à juste titre.

Le fait d'agir *par impossible* structure l'action, sa représentation et sa gratification tout autrement. Sans verser dans l'absurde ni dans l'invraisemblable, sans impliquer l'imprévoyance ou l'aveuglement, l'impossible introduit une dimension de défi au cœur de l'agir. Pendant que le possible s'appuie sur les calculs d'un esprit prévoyant, le défi signale l'*élan* fondamental du cœur au moment où il répond aux circonstances (car, d'un certain point de vue, toute situation nous met *au défi d'y répondre*) tandis qu'il lance lui-même un défi en réponse à la Fortune, dont la formule est toute simple :
VII.64.4.283 « Viens m'attaquer ! »

Lorsque l'on range ce que l'on fait sous le registre de l'impossible (en admettant, par exemple, que *la perfection est impossible*, autrement dit que quelque chose dans ce que nous désirons et imaginons ne verra jamais le jour) on ouvre un répertoire d'affects tout à fait différents car, sur ces fondements, l'espoir n'a aucun sens. En effet, il ne s'agit plus d'obtenir (peut-être !) les résultats que l'on s'était figurés comme possibles, mais d'exprimer sa propre valeur humaine, d'une façon qui restera inchangée peu importe qu'on l'aide ou qu'on lui fasse obstacle, peu importe les avanies et les déroutes : quoi qu'il arrive, la vertu se déploiera tout aussi

librement. Dans cette perspective, les revers de Fortune ne peuvent en aucun cas être vécus comme des injustices, ils apparaissent comme les mouvements légitimes d'une adversaire que le cœur a justement choisie à sa mesure ; on répondra d'autant plus honorablement à ses agressions que son hostilité nous fait honneur, car « la vertu s'augmente énormément quand on l'attaque ». Enfin, dans ce combat avec la II.13.3.82
Fortune, nous pouvons nous mouvoir avec aisance et même avec humour, car nous n'avons rien à y perdre. En effet, relever un défi, c'est honorable et même admirable peu importe l'issue, bonne ou mauvaise : le cœur y savoure sa propre valeur sans s'aliéner aux effets.

Comme on voit, cette conception de l'impossible ne s'oppose pas frontalement au possible, elle souligne plutôt une dimension que le cœur doit *garder sous les yeux* (« regarde-le » !) pour éclairer son action à la lumière de la vertu. De cette manière, réaliser l'impossible est la marque de la plus grande vertu – à ceci près que la vertu n'est jamais « ni plus grande ni plus petite », puisqu'elle n'a rien à voir avec VII.66.7.295
la quantité.

Agir *par impossible* signifie donc garder en tête que les conduites que nous adoptons visent d'abord à l'accomplissement de notre vertu, qui primera toujours sur la réalisation de tel ou tel projet, sur le fait d'éviter tel ou tel désastre. Ainsi, là où le possible nous *rétrécit* en contraignant notre action dans des bornes définies par la Fortune (dont on doit tenir compte, évidemment, pour ne pas faire n'importe quoi), la considération de l'impossible nous *anoblit*, c'est-à-dire nous rappelle que notre effort vers la vertu exprime notre grandeur, et que, s'il manque ses objectifs, ses intentions l'honorent. Quand l'ambition est noble, il n'y a aucune honte à échouer.

Par là, la différence entre la réussite et l'échec se trouve elle-même entièrement renversée. En effet, quelqu'un qui vise l'impossible ne peut qu'échouer (sauf par extraordinaire). Mais, faut-il le rappeler ?, nous n'avons *aucun* objectif à atteindre à part celui de *faire au mieux* et de nous en réjouir, car nous n'avons rien d'autre à accomplir en cette vie que la vertu. Il ne s'agit donc pas exactement de *viser* l'échec, mais de *partir* de lui afin d'introduire la légèreté, l'humour, l'esprit de jeu dans notre conduite, y compris et surtout dans les questions les plus graves. En effet, en récusant l'alternative entre la réussite et l'échec, on émancipe l'action de toute prescription moraliste, de toute projection d'espérance, de toute angoisse existentielle. Une perfection qui se situe dans l'impossible, que perd-on à ne pas l'atteindre ? Quel sens ont les sommets quand on se trouve déjà au faîte de sa propre vertu ? Dégagé de tout objectif, on devient enfin un être inédit, tel qu'il n'en a jamais existé auparavant.

> À quoi bon te comparer ? C'est toi que
> tu as surpassé. II.15.10.96

Des empreintes grandioses et pures

L'exigence éthique ne *demande* pas l'impossible ; elle l'a déjà. Au contraire, elle *s'adosse* à l'impossible, elle s'appuie dessus comme sur sa plus ferme certitude afin de faire son chemin dans la réalité. Elle ne réclame pas ce qu'on ne peut pas lui donner ; elle montre plutôt comment les humains vivent *au défi de leur humanité* et parviennent à le relever.

Revenons à Stilpon, qui s'avance au milieu des flammes, en haillons, les jambes ensanglantées, le visage et les bras noircis, pendant que derrière lui brûlent ses amours, ses joies, ses espoirs. Il dit : « Tous mes biens sont avec moi. » Cette phrase grandiloquente m'est récemment revenue en tête et m'a accompagné dans plusieurs circonstances de ma vie. J'y pense encore souvent, lorsqu'un moment agréable prend fin, en particulier chaque fois qu'un départ me prive d'une présence que j'aime. C'est curieux : contrairement à ce que je pensais, je n'ai aucun besoin d'aimer Stilpon ou de l'admirer. Il suffit que son histoire, que sa phrase m'aient marqué. Stilpon est devenu pour moi un point de référence. Sans le vouloir, sans me forcer, quand je m'assieds dans une pièce vide ou dans un train qui m'emporte loin des miens, j'entends une voix qui dit : « Tous mes biens sont avec moi. » Cette phrase ne m'incite pas à devenir indifférent à tout ; elle m'encourage à surmonter avec élégance ce que mon expérience comporte d'indésirable, de douloureux. Elle me console sans complaisance, sans m'apitoyer sur moi-même. Elle me rappelle la grandeur du cœur humain, elle m'invite à essayer, à au moins essayer, de me montrer à la hauteur de ma vie. Et cela signifie échouer, complètement échouer à devenir Stilpon. Échouer sans renoncer, c'est accepter de vivre.

Lorsqu'un modèle fonctionne, il ne plaque pas une grille de lecture sur la réalité, au contraire ; il engendre des effets miroitants sur des expériences incommensurables. Dans ce contexte, il alimente la liberté précisément parce qu'il n'a rien à prescrire. Il n'exprime pas une *possibilité*, il fournit un point de référence absolument *hors cadre* qui modifie les repères de l'action.

Tel est le principe de ce qu'on pourrait nommer plus largement des *empreintes*. En effet, Sénèque puise la plupart de ses modèles dans les livres d'école, mais il cite également toutes sortes d'anonymes dont les gestes vertueux lui ont laissé des traces. Quelles traces ? On peut admettre que les gestes grandioses marquent l'imaginaire plus ou moins durablement ; mais ce n'est pas seulement ça. On peut admettre aussi qu'en se référant à des choses qu'il a vues, Sénèque répond aux objections contre le prétendu idéalisme des Stoïciens. « Appuie-toi sur des cas, pas sur des mots » : ce principe est une manière pour lui d'ancrer la vérité dans les choses. Mais, là encore, ce n'est pas seulement ça. Les récits qu'il livre des gestes qui lui semblent grandioses révèlent à l'analyse une structure complexe, fondamentale pour avancer. X.83.27. 438-439

Les grands exploits, les sceptiques diront qu'on les raconte toujours d'une manière enjolivée. Ils ont raison. Ces récits accueillent une part de projection où se reflètent nos désirs. Mais cela signifie que leur grandeur exprime quelque chose qui se trouve aussi en partie chez les personnes qui les racontent, et aussi en partie chez celles qui les écoutent. Pas plus que la philosophie n'est un spectacle, la vertu ne s'observe de l'extérieur : chacun la perçoit à partir de soi-même, et elle grandit à mesure qu'on la considère. Le bien, nous le savons, ne se trouve jamais ni en face de nous ni à l'intérieur en nous ; il *s'éprouve* dans certaines conditions, et c'est précisément cette tonalité particulière – celle d'une réalité matérielle tout à fait perceptible, bien qu'on ne puisse pas la montrer du doigt – que les empreintes *retiennent* dans certaines formes (des phrases, des gestes) et *expriment* ou *libèrent* aussitôt qu'on y pense.

Si certains gestes sont des empreintes, ou plutôt si toute action dans la matière du monde n'est rien d'autre qu'une impression d'empreintes, c'est donc qu'elle laisse dans l'organisation des choses, mais aussi dans le cœur, dans le corps, dans l'imagination, certains motifs de conduite qui s'y impriment et y demeurent. Les empreintes de la vertu alimentent notre fidélité à la noblesse du cœur ; elles nous aident à répondre au défi de nous montrer humains. Dans le détail, elles nous hissent à certains niveaux de discours, elles nous maintiennent dans des postures face à la vie qui nous font honneur – à nous, aux autres, à notre liberté et à la Providence.

Ainsi, chaque fois qu'il détaille un peu plus le comportement de ses héros, Sénèque mobilise un cercle vertueux où ce qu'il y a de grandiose chez eux passe en lui, et ce qu'il y a de grandiose chez lui passe en eux. Ce cercle se prolonge ensuite, pour nous, dans l'expérience de la lecture : notre cœur, en se représentant la vertu par un objet extérieur, la reverse vers l'intérieur – et cette fois-ci, oui, nous nous sentons grandis par les modèles. Ce qui se développe et s'affermit en nous n'est pas notre *admiration* pour (par exemple) Caton l'Ancien, homme exemplaire par sa sobriété et son intégrité, ni le *désir* de devenir Caton, semblables ou même comparables à Caton. À simplement considérer la noblesse des faits et gestes de Caton, notre cœur éprouve sa propre vertu. Alors, les empreintes de Caton que brassent les récits nous rendent à même de ressentir le bien, beaucoup plus intensément que jamais, donc d'adopter à notre tour une conduite honorable, voire de faire à l'occasion des gestes remarquables. En ce sens, on pourrait dire, tout simplement, que la vertu se nourrit d'elle-même à travers les empreintes.

Voilà pourquoi, lorsqu'il raconte des gestes admirables et des paroles mémorables, Sénèque ne ménage pas ses effets : toute l'emphase qu'il déploie est un moyen de s'assurer que leurs empreintes *s'impriment* dans notre cœur. En effet, notre conduite ne s'oriente pas en fonction de ce que l'on aime, mais de ce qui nous *marque*. Pour cette raison, le fait de ressentir de l'affection pour les figures de Caton, de Stilpon ou de Mucius est secondaire. L'essentiel tient à l'*intensité* de telle ou telle empreinte qui éloigne le cœur de la représentation de sa propre fragilité et le remet sur le chemin de sa noblesse.

Ainsi, les empreintes fournissent de puissants antidotes aux images étriquées, mesquines ou victimaires de nous-mêmes. Au lieu de nous mettre en défaut, de nous accuser, de nous amoindrir, au lieu de nous plaindre de nos détresses sans nous en détacher, elles nous encouragent à nous reconnaître capables d'incarner le meilleur de l'humain. Trop habitués à ce qu'on nous infériorise, nous nous croyons toujours plus mauvais, plus vicieux, plus fragiles ou plus intéressés que nous ne le sommes. Plus on nous demande d'efforts, plus on nous convainc que c'est nous qui ne sommes pas à la hauteur. Sénèque déjoue cette dynamique d'infériorisation, cette folie de la surenchère désespérée, en l'inversant du tout au tout : plus je me propose des choses difficiles, plus ma valeur augmente pour ne jamais diminuer.

Et lorsque l'on comprend que l'effort à fournir est celui de se désister de sa peur du *possible* (ne pas y arriver), le cœur, apaisé de s'appuyer sur l'*impossible*, résiste d'autant moins qu'il ne risque plus rien. Progressivement, à mesure que l'appel à la grandeur se fait percevoir, notre effort se transforme en confiance, et la confiance en abandon. Oui, on s'abandonne à la vertu comme on s'était auparavant abandonné à la peur. On s'abandonne au cercle vertueux par lequel les empreintes de la vertu, à travers nous, donnent à notre cœur des repères et des formes nouvelles, et nous incitent à nous conduire de façon à engendrer d'autres empreintes, ce qui revient, ni plus ni moins, à adopter une *conduite exemplaire.*

> Pour le cœur, recevoir une forme est beaucoup plus facile : il est si souple ! Il est même plus coulant que n'importe quel liquide. Car qu'est-ce que le cœur, sinon notre souffle vital disposé d'une certaine manière précise ? V.50.6.223

Dans la grande fluidité du cœur, plus on perçoit les qualités humaines, mieux elles s'affirment. Plus elles s'affirment, mieux on les perçoit. Mieux on les perçoit, plus on les fait exister par des actes concrets. Ainsi, la force transformatrice des empreintes nous montre le chemin pour nous considérer nous-mêmes avec confiance, appuyés sur la présence du bien qui, à chaque instant, nous indique notre propre vertu. Le tout est donc de trouver, même dans l'adversité, l'empreinte ouvrant le canal où circule cette fluidité du cœur, afin de replonger dans sa grandeur et dans sa pureté comme on fait dans le roulis des vagues, lorsque l'on passe sous la surface de l'eau et que l'on se retrouve, tout d'un coup, à l'abri du tumulte.

La circulation des vertus

Au lieu d'accuser les Stoïciens d'être trop exigeants ou franchement irréalistes, il convient de restituer à leur approche de la grandeur humaine la dimension performative de sa vérité. Sénèque ne demande à personne de *croire* en une capacité hypothétique du cœur humain à la grandeur et à la pureté ; il nous *exerce* au maniement d'une vérité performative où nos plus belles qualités s'expriment.

Pourquoi lui reprocher d'enjoliver ses récits ou de fantasmer la vertu ? Les *Lettres à Lucilius* donnent à percevoir des empreintes grandioses et pures à plusieurs niveaux : dans les faits et gestes des héros vertueux, dans la manière de les raconter, dans l'effort de Sénèque pour encourager son ami (et son propre cœur) à embrasser la vertu, dans l'émotion que ses récits nous inspirent au moment de les lire, dans la manière dont cette lecture nous change, dans les beaux gestes et les belles attitudes que nous prenons ensuite – même sans y penser – grâce aux empreintes qui, tout au long de ce parcours, n'ont cessé de migrer depuis les actes vers les mots, des mots vers les émotions, des émotions vers d'autres actes, de sorte qu'à la fin, elles transforment nos repères et orientent tendanciellement notre conduite vers le bien.

La manière dont les empreintes circulent rappelle que la vertu ne s'inscrit pas, comme les corps, dans un monde différencié dont les frontières sont nettes, où le corps d'un individu s'arrête là où commence celui de l'autre (ce qui n'est même pas vrai des corps humains, qui ne cessent d'échanger leurs fluides). Dans la dimension de la matière qui lui est propre, le cœur n'est pas aussi individualisé que nous l'imaginons car, nous le savons, la valeur d'un individu n'a de sens qu'à proportion que cette valeur est mise en partage.

Dans cette dimension fluide, la vertu cesse d'être une qualité attribuable à un individu au même titre que sa taille ou son nom. En effet, elle désigne plutôt la manière dont les hommes et les femmes de bien mettent leur valeur en circulation par des actes qui la manifestent. Dans ces actes, on reconnaît sans hésiter des *empreintes* de cette valeur. Mais, une fois accomplis, ils n'expriment évidemment pas la vertu d'un individu seul. Ces empreintes signalent tout simplement le *bien* qui circule, faisant vibrer les cœurs à son passage.

Se montrer *exemplaire*, cela ne signifie donc pas du tout faire preuve de mérite individuel, mais adopter une conduite telle qu'elle émet des empreintes en permanence, qu'on le sache ou pas, qu'on le veuille ou pas, de manière que le bien transite en toute fluidité dans la matière. La vertu elle-même a d'autant plus de valeur qu'elle circule : elle n'a donc, en soi, aucun besoin d'être attribuée ou revendiquée. De ce point de vue, la conduite exemplaire n'apparaît pas comme le jaillissement d'actions rapportées exclusivement à une personne, mais comme le bien qui se laisse percevoir à la surface des choses.

Cette indifférence à tout retour narcissique, à tout orgueil, et même à toute attribution, rend la vertu en quelque sorte *disponible à qui veut* : et c'est exactement cela, l'*exemplarité*. Dans cette notion, on reconnaît la capacité à donner envie de *prendre* pour modèle, ce qui signifie avant tout *prendre pour soi* : elle est le

propre d'une conduite que l'on peut donner en exemple aux enfants, comme on le fait dans les écoles. Mais, plus profondément, l'exemplarité révèle le fait qu'un acte vertueux vogue, en quelque sorte, à vau-l'eau et qu'il donne envie de le saisir pour se l'attribuer – pas l'acte, pas la vertu, mais le *bien*. Cela signifie que la vertu n'a pas seulement pour propriété de *faire* le bien, mais qu'elle le *répand* autour d'elle et que, par là, elle se démultiplie elle-même d'un individu à l'autre (exactement comme font les vices, d'ailleurs, et les maladies contagieuses). Par l'action vertueuse, d'autres deviennent vertueux : et c'est exactement cela, l'*exemplarité*. Dans ces conditions, peu importe qui fait quoi. « En favorisant l'exercice de la vertu d'un autre, XVII.109.12.
on exerce nécessairement la sienne. » 675

Moins isolée, moins distincte, moins discernable qu'un objet, on pourrait dire que la vertu se reconnaît chez quelqu'un par sa manière d'être, mais que la bonté s'attribue moins à l'individu qu'à sa *conduite exemplaire*. En ce sens, l'exemplarité est aux conduites ce que la raison est aux idées : si la raison fluidifie l'échange des idées, les rend plus partageables et ouvre les intellects les uns aux autres, la vertu pareillement ouvre les cœurs les uns aux autres, donc permet le passage du bien et rend plus faciles les actes vertueux. Si une démonstration est rationnelle, elle est vraie pour un seul comme pour tous. De la même manière, si une conduite est vertueuse, elle engage la satisfaction d'un sage comme de tous.

> Si un homme de bien a de moi une bonne opinion, cela revient au même que si tous les hommes de bien avaient la même opinion. En effet, s'ils me connaissaient tous, ils seraient tous d'accord, car, du fait qu'ils s'appuient
> XVII.102.12. à égalité sur le vrai, ils jugent de la même
> 629 manière, tous autant qu'ils sont.

Cette remarque donne à la valeur humaine une dimension absolue ou, si l'on y tient, « universelle ». Mais l'exemplarité n'a pas besoin qu'on dénombre les personnes ou les peuples qui la reconnaîtront : son universalité s'entend en un sens *intensif* et non extensif, car elle s'inscrit dans une dimension où les individus sont poreux et où aucune remarque quantitative n'a de sens. L'important tient en ceci qu'elle donne aux conduites exemplaires leur noblesse, car être noble signifie appartenir à une sorte d'élite (c'est la définition du terme), bien que l'aristocratie anti-aristocratique du cœur n'exclue personne, précisément parce qu'elle favorise la convergence de tous les cœurs entre eux.

Si cette métaphysique de l'*exemplarité* est difficile à suivre, c'est qu'elle n'est pas tellement faite pour qu'on l'aborde avec la tête : en effet, la vertu concerne moins l'esprit (dont le bien se définit comme droiture, correction ou rigueur), mais le cœur et le corps. En effet, il n'y a pas d'autre défense des valeurs, pas d'autre pédagogie, que celle de les *incarner*. Même en lisant ce livre, on ne peut pas d'abord comprendre les grands enjeux éthiques, et ensuite les mettre en pratique. Voilà pourquoi Sénèque écrit :

> Les hommes apprennent à proportion qu'ils
> enseignent. I.7.8.57

Ici, *apprendre* consiste à s'approprier la vertu par les actes ; et accomplir des actes vertueux est la meilleure manière de les *enseigner*. Tel est le principe de l'exemplarité : par elle, notre conduite devient une leçon pour toutes les personnes qui sont prêtes à l'apprendre. En exprimant la vertu, on la transmet dans un seul et même mouvement. Voilà pourquoi une conduite exemplaire est le mode d'expression par excellence de la philosophie. Cela revient à émettre les empreintes qui font advenir le bien

dans la matière, au même titre que les récits ou les concepts, mais avec plus de force. De cette façon, la vertu dont un sage fait preuve
XVII.109.9. passe à travers lui jusqu'à en toucher d'autres,
674 et il peut se réjouir que « ses vertus circulent ».

Le panhéroïsme

Bien sûr, dans le concret de l'action, des vertus, il y en a de toutes sortes. Les Stoïciens en considèrent quatre comme cardinales : la sagesse, le courage, la modération, la justice. Sous l'angle de leur rapport au bien, elles renvoient toutes à un concept unique ; mais, rapportée à des situations particulières, la vertu « se transforme plutôt en telle ou telle qualité, prenant telle ou telle forme en fonction des actes qu'elle
VII.66.7.295 s'apprête à accomplir ».

Ces métamorphoses selon les circonstances, associées à l'équivalence de la vertu à elle-même du point de vue du bien, imposent de revoir le statut héroïque des grands modèles.

> En somme, je dis que tous les actes droits et honorables reviennent au même. Au reste, il y aura d'énormes écarts en fonction de leur matériau, qui peut être de petite ou de grande

échelle, parfois prestigieux, parfois modeste, et qui peut impliquer beaucoup de monde ou très peu. Néanmoins, dans tous ces actes, ce qu'il y a de meilleur reste inchangé. VII.66.33.303

Par cette remarque, Sénèque fait s'effondrer la hiérarchie où les exploits guerriers, les actes politiques marquants et toutes sortes d'activités de grande ampleur, exclusivement masculines, paraissent plus nobles que les autres. Du fait que le bien est une qualité pure, inquantifiable, l'échelle d'action de la vertu ou le nombre de gens impliqués n'ont aucune pertinence pour elle. La précision nouvelle apportée ici est que les différences d'éclat ou de panache associées à tel ou tel geste exemplaire ne viennent pas du tout de différents types de vertu – comme s'il fallait comparer, par exemple, le courage et la modération : cela n'a aucun sens, « les vertus sont égales entre elles » –, mais de la manière VII.66.10.296
dont on perçoit leurs matériaux. Ainsi, tout comme un plat peut être en or ou en terre cuite, l'empreinte du bien peut s'imprimer dans une activité prestigieuse ou modeste, elle n'en sera pas moins grandiose et pure. Cela signifie que les actes de vertu apparemment minimes, accomplis par de petites gens, ont la même valeur que les actes spectaculaires des grands hommes.

Dans ces conditions, rien n'est plus naturel que de trouver monstrueuse et presque repoussante la vertu d'un soldat comme Mucius : sa matière est trop éloignée de notre expérience quotidienne. Un artisan, une soignante, un enfant, une auxiliaire de vie montreront tout autant ce qu'est la vertu dans des actes moins spectaculaires, dont la valeur d'empreinte sera tout aussi grande, même si leurs exploits seront moins visibles, donc moins célèbres, peut-être moins faciles à raconter dans un registre épique. C'est d'ailleurs pour cela que Sénèque admire la sagesse des tirades chez les auteurs comiques : les comédies latines sont consacrées aux choses du quotidien, on y voit des esclaves, des jeunes filles, des vieillards. La grandeur des exemples qu'il choisit dans des circonstances exceptionnelles ne doit donc pas masquer le fait que, dans les situations quotidiennes, la vertu attend tout le monde, de sorte que la grandeur et la pureté sont parfaitement accessibles.

> Ce n'est pas seulement dans les armes et dans les combats que les cœurs donnent des preuves de leur bravoure, quand aucune terreur ne les dompte. Un homme [malade] montre aussi son courage entre les draps. Il y a de quoi faire ! Lutte bravement avec ton mal. S'il

ne peut rien t'imposer, s'il ne te dirige pas, tu offriras aux autres un modèle éclatant. Ah, si l'on nous voyait quand nous sommes malades, il y aurait matière à élever des monuments à notre gloire ! Eh bien, sois ton propre témoin, fais toi-même ton éloge. IX.78.21.395

Plus qu'aucun autre, Sénèque est l'ami des vertus modestes et des cœurs anonymes. Avec lui, tous les humains sans distinction se trouvent embarqués dans l'aventure grandiose de la vertu, celle par exemple qui consiste à affronter la douleur « que la jeune femme traverse en accouchant ». III.24.14.136 De la fascination pour les militaires ou pour les puissants ? Aucune. En toute occasion, il dénonce la cruauté d'Alexandre le Grand ou l'ambition de Scipion l'Africain. De quel prestige pourraient-ils se parer ? « Pendant que tous ces hommes dévastaient le monde, ils étaient dévastés. » XV.94.67.565

Ce qu'on pourrait appeler le *panhéroïsme* (autrement dit, l'ouverture de l'héroïsme à toutes les couches de la société) définit ainsi un antidote puissant à la médiocrité à laquelle les hiérarchies voudraient nous condamner. Partout où la Fortune nous sollicite, dans les plus petites tâches et les moindres défis, Sénèque invite à nous placer dans la perspective de notre propre *exemplarité*, sans aller la chercher ailleurs que dans nos circonstances singulières. Alors, de la même manière que la vertu est honorable en ceci qu'elle nous fait honneur à nous-mêmes, l'exemplarité trouve toute sa dimension réflexive : du fond du lit où il se trouve, Lucilius a encore les moyens de se donner en exemple à lui-même. Son exemplarité n'a besoin d'aucune autre tâche ni d'aucun autre témoin que lui-même, puisque la récompense de la vertu est déjà là.

Il faut y insister, jamais l'éthique ne se fonde sur la comparaison, jamais elle ne valide aucune forme de classement. Nous montrer exemplaires ne nous demande donc pas d'anticiper le regard des autres et encore moins d'accomplir des gestes exceptionnels, mais seulement de nous donner à percevoir, en toutes circonstances, un être humain *au meilleur de lui-même*.

Et s'il arrive qu'on se déçoive par des attitudes et des mots qui nous ont éloignés d'une conduite honorable, le *panhéroïsme* est encore d'une grande aide et d'une grande consolation. Il permet d'endiguer notre tendance à nous culpabiliser en nous rappelant que, dans notre tension vers la vertu, nous avons produit le même effort que les plus grands héros. « Regarde-le ! » : c'est alors, au moment des regrets, que l'on ressemble le plus à Mucius mettant sa main au feu. Quoi de plus cuisant que les regrets ? Mais on admettra aussitôt que l'épreuve n'est pas terminée, puisque *ne pas s'accabler, mais s'amender* est aussi un défi. En relevant au moins celui-ci, on réveillera en soi une personne enfin capable de répondre vaillamment *présente* au défi de la Fortune. De ce point de vue-là, la vie la plus modeste prend l'aspect d'une épopée sans fin.

> Nos tempêtes, à nous, rejettent nos cœurs
> au quotidien ; nos défauts nous confrontent
> à tous les maux d'Ulysse. XI.88.7.480

Finalement, pour trouver des modèles de vertu aussi forts, aussi puissants que ceux d'Homère, il suffit de regarder autour de soi. C'est sans doute là que Sénèque est le plus touchant, lorsqu'il s'enthousiasme pour ses propres amis : sitôt qu'il trouve en quelqu'un une attitude, une manière d'être qui l'impressionnent, il l'érige en modèle pour lui-même. La notion d'amitié prend alors toute sa portée éthique. En effet, l'amitié ne consiste pas seulement en un attachement affectif ; elle dispose d'une puissante charge transformatrice qui lui donne une place centrale dans notre cheminement éthique. Les amis s'encouragent à la vertu en se montrant familièrement les uns aux autres : par effet de miroir, parce qu'une empreinte est d'autant plus intense qu'elle se présente en chair et en os, ils deviennent l'un par l'autre toujours plus exemplaires. Oui, par la magie des cœurs humains, qui sont moins séparés, moins individuels, plus fluides qu'on ne le croit, chacun rend l'autre plus sage *du seul effet de sa présence.*

Par conséquent, écoute-moi comme si je parlais tout seul ; je t'admets dans mon intimité et je me montre d'autant plus exigeant envers moi-même que je t'ai à mes côtés.

III.27.1-2.146

V

Immortel, immortelle

Accomplir sa vie

« Pour me renseigner sur mes progrès,
je ne croirai que la mort. » III.26.5.144

Le plus grand des défis

Lorsque j'ai commencé à traduire les *Lettres à Lucilius*, je me suis agacé parfois (je l'avoue à ma honte) que Sénèque revienne si régulièrement, si inlassablement à la mort et à la crainte de la mort. Dans la situation d'un homme qui attend sa condamnation, il n'y a rien d'étonnant à ce qu'il trouve là son thème préféré. Mais mon agacement s'est tu – et une fois pour toutes – le jour où j'ai osé tourner ses interrogations vers moi. « Tu trouves qu'il se répète à ce sujet, mais toi, Maxime, si tu devais mourir juste en sortant d'ici, comment accueillerais-tu la mort ? Maintenant, est-ce que tu te sens prêt ? » Il m'a fallu admettre que je n'oserais pas écrire, comme lui :

> Pour vivre en satiété de vie, ni les jours ni les ans n'avancent à rien – c'est une affaire de cœur. J'ai vécu, mon Lucilius adoré, le
> VI.61.4.275 temps qui suffisait. J'attends la mort, comblé.

Sénèque écrit ces lignes au meilleur de lui-même. Il suffit que quelques semaines passent pour que cet homme, si magnifiquement préparé, soit contraint de ramener la peur de mourir dans son atelier philosophique et qu'une fois de plus, il mobilise tout ce qu'il peut de raisonnements, de métaphores et de modèles pour l'apaiser.

Rendu modeste par mes propres limites, je me mis à considérer ces passages avec plus d'humilité et de curiosité. Aujourd'hui, je comprends mieux l'extraordinaire travail auquel il se livre pour faire rayonner dans toutes les dimensions de lui-même et circuler parmi nous la conviction que nous n'avons *absolument rien* à craindre de la mort. Il y a là une pensée si profonde qu'elle lui impose de tourner et de retourner la question et de brasser inlassablement ses idées, ses émotions, ses modèles, ses sensations, etc. Mais voici le plus admirable : *jamais* ce cheminement en spirale ne le fait désespérer de lui-même. C'est parce qu'il embrasse la nécessité de la répétition que ce travail constitue un chef-d'œuvre – pas un chef-d'œuvre de « littérature » ou de « philosophie », mais un geste d'humanité profondément inspiré, inspirant, *exemplaire*. Celles et ceux qui refusent de tourner en rond avec Sénèque et Lucilius autour de la crainte de la mort passent à côté d'une des plus belles danses de la vie – la seule que l'on ne puisse pas décliner – avec l'un de ses grands virtuoses.

S'il vaut la peine de suivre Sénèque dans ces réflexions-là, c'est qu'il n'y a absolument *rien* qui fasse plus cabrer notre corps que la mort : il ne court jamais aussi vite que lorsqu'il s'enfuit devant elle. Il n'y a rien non plus qui glace autant notre cœur, et cette terreur investit des objets qui ne nous feraient pas trembler si fort s'ils n'étaient associés à la mort. Enfin, il n'y a rien qui braque autant notre esprit et nous empêche autant de penser, de parler et de nous manœuvrer nous-mêmes, aussi longtemps que l'on ne sait pas démontrer si la sortie de la vie marque une fin absolue ou si elle ouvre à une autre forme d'existence – ni même quelle hypothèse serait vraiment préférable.

Si peu philosophe qu'il soit, la mort met donc chaque être humain au défi de cultiver, en soi et hors de soi, les moyens de contenir cette panique générale. Le génie du stoïcisme est d'avoir ouvert une perspective où apparaît son ambivalence. En effet, la mort nous donne un rendez-vous sans indiquer ni l'endroit ni le moment : cette incertaine certitude n'est pas si bien calée qu'il semble. Ce que nous en pensons s'appuie massivement sur des opinions plus ou moins mal fondées qui circulent entre nous. À mieux l'examiner, Sénèque va collecter des éléments qui vont permettre de la soulever, de la manier et, pour finir, de la faire s'envoler et éclater avec la légèreté d'une bulle.

Le recours d'urgence

Pour comprendre l'approche stoïcienne de la mort, il faut d'abord briser l'apparente unité de la « vie ». Sénèque ne cesse d'y insister, toutes les vies ne se valent pas. Avec une brutalité dont les origines remontent en partie à son expérience de l'exil et des meurtres politiques, en partie à ses observations sur les conditions de vie des esclaves, il refuse d'accorder à « la vie » une valeur en soi. Une notion aussi abstraite, aussi lisse, aussi unifiée que ce que l'opinion appelle « la vie » n'a d'ailleurs aucun sens. Il n'existe en réalité que des formes de vie extrêmement inégales, qui s'équivalent peut-être du point de vue de la liberté ou de la vertu, mais que certaines conditions peuvent rendre *inacceptables*, c'est-à-dire tout simplement indignes d'un être humain. Dans un monde où Sénèque croise couramment des enfants prostitués et violentés, des femmes infériorisées et réduites au silence, des esclaves humiliés et torturés, des sénateurs bâillonnés, dépossédés, assassinés, il ne craint pas d'écrire :

> La vie n'est pas une chose à quoi tenir absolument. Ce n'est pas vivre qui est bon, mais bien vivre. VIII.70.4.324

Dès qu'on accepte de regarder en face l'ambivalence de « la vie », la mort laisse percevoir ses propres ambiguïtés. En effet, « la vie » ne tient pas sa valeur d'elle-même ; elle dépend toujours de la manière dont une certaine qualité trouve à s'y exprimer. Nous le savons, une vie bonne est celle où le cœur fait l'épreuve du bien : sa valeur est proportionnelle aux joies dont on fait l'expérience, qui dépendent elles-mêmes du bonheur qui s'éprouve par la vertu.

Ce point déclenche une séquence logique imparable : là où l'on ne peut pas « bien vivre », la vie n'en vaut donc pas la peine, car elle ne produit pas toute seule sa propre valeur. Il ne suffit pas de se trouver là pour que l'existence ait un sens.

Attribuer une valeur inconditionnelle à la vie, c'est donc s'aveugler sur le fonctionnement véritable de la valeur. Cela est d'autant plus problématique que l'opinion qui nous empêche d'interroger notre *attachement inconditionnel* à la vie est aussi celle qui nous empêche d'apprécier l'ambivalence de la mort. L'approche stoïcienne de l'indignité constitue donc une manière habile d'introduire la dimension d'une mort consolante, d'une mort souhaitable, d'une mort digne, par contraste avec des conditions de vie tellement mauvaises qu'elles sont capables d'y empêcher le développement de toute valeur. Mais, avant de se demander à quelles conditions la mort vaut mieux que la vie, il convient d'explorer l'extraordinaire subtilité de Sénèque à ce sujet : sa pensée en devient d'autant plus émancipatrice.

Pour illustrer comment sortir dignement d'une vie indigne, son exemple favori est celui de Marcus Porcius Cato, que l'on surnomme Caton d'Utique. Pendant les guerres civiles qui marquèrent l'effondrement de la République romaine, alors qu'il était stationné avec ses troupes dans la ville d'Utique, dans l'actuelle Tunisie, en 46 avant notre ère, Caton apprit que les armées de son ennemi Jules César avaient écrasé ses alliés non loin, à Thapsus, et qu'elles marchaient maintenant sur lui. Déjà, les habitants d'Utique attaquaient ses troupes pour éviter les représailles des vainqueurs. En conséquence, il organisa l'évacuation de ses hommes puis, considérant avec raison que la République ne se relèverait jamais de la victoire de César, il se planta une épée dans le corps.

Sénèque ne se lasse pas de raconter les détails de cette histoire. L'une des métaphores qu'il emploie à son sujet laisse percevoir pourquoi elle lui tient tellement à cœur. Il désigne l'épée
de Caton comme sa « garante de liberté ». Ces II.13.14.85
mots ont un sens précis : quand un esclave est affranchi par son maître, le droit romain exige la présence d'une tierce personne, un citoyen témoin que l'on appelle alors un « garant de liberté » ; il confirmera, au besoin, que l'affranchi n'est plus esclave. Avec cette métaphore, Sénèque suggère donc que le suicide de Caton est le geste par lequel il s'affranchit d'une situation d'esclavage. L'épée n'est pas seulement l'instrument de son suicide, elle est le témoin de son émancipation. En ce sens, plus qu'il ne quitte la vie pour la mort, Caton dénonce et rejette un esclavage qui serait sa véritable mort, sa mort en tant qu'homme libre, en tant qu'homme vertueux, en tant qu'homme de bien. Refusant de céder à la

Fortune, il s'oriente en fonction de valeurs qui l'éloignent du cours des événements et même l'en font sortir : son geste affirme la supériorité du *courage* sur la violence, de la *liberté* sur l'autorité, du *bien* sur tous ses attachements personnels et même sur toutes ses préférences, sur ses envies, sur ses espoirs.

Si l'on situe la valeur du geste de Caton exactement où elle se trouve, on en déduit deux points. D'abord, pas plus que « la vie », « le suicide » ne tient sa valeur de lui-même. Tous les suicides sont loin d'être des actes de liberté, au contraire. Sénèque donne beaucoup d'exemples où les gens quittent la vie par peur, par lâcheté, par aveuglement, etc., en un mot *expriment* leur esclavage en croyant s'en affranchir. L'intérêt du suicide, d'un point de vue philosophique, est donc de souligner un point fondamental, pilier de toutes les sagesses : la vie et la mort ne s'articulent pas comme on le croit. Elles ne *s'opposent* même pas comme on le croit.

Ensuite, si l'on cherche à déterminer à quelles conditions mourir est une meilleure idée que vivre, on sombre dans des arguties indémêlables où, dans la lettre 70, Sénèque s'empêtre bravement avant de conclure :

> Finalement, il est impossible de rien dire d'universel à ce sujet. Quand la mort nous vient d'une force extérieure, faut-il anticiper ou attendre ? De nombreux arguments peuvent nous faire basculer d'un côté comme de l'autre. VIII.70.11.326

Voilà pourquoi, en définitive, le meilleur moyen d'appréhender ce qu'est une existence privée de bien consiste à introduire plus de souplesse dans l'usage des mots « vie » et « mort ». En effet, les morts ne sont pas toujours ceux que l'on croit, et les vivants non plus. Comme on peut s'y attendre, lorsqu'il prend des exemples de vies inférieures à la mort, Sénèque les choisit moins souvent parmi les vies les plus dures (celles que mènent les esclaves, les condamnés, les torturés), car la vertu trouve souvent à s'y exercer, que parmi les plus molles. Ceux qui se vautrent dans les plaisirs ? « Pour moi, ces gens sont comme morts. » Ceux qui ne pensent qu'à XX.122.10.763
eux-mêmes ? Ils « n'ont pas leur place parmi les bêtes ; plutôt parmi les cadavres. Car un vivant est utile à bien d'autres que lui, et un vivant est utile à lui-même. [...] Au-dessus de leur porte, on peut donc graver leurs noms dans le marbre. Ils sont morts avant d'être morts ». VI.60.4.274

En d'autres termes, une vie où l'on ne fait pas l'expérience du bien n'est pas une vie. Cela signifie que Sénèque n'invite *jamais* à quitter la vie, mais à traquer toutes les situations où l'on s'éprouve comme *déjà mort* – et à en sortir sans hésiter un seul instant. En ce sens, avoir une vie aliénée, ce n'est pas vivre. N'avoir pas le temps de vivre, c'est être déjà mort. Suicidez cette vie-là : vous vous réveillerez aussitôt de la mort.

Voilà pourquoi accorder inconditionnellement une valeur à « la vie » est une erreur. Cela restreint notre humanité dans des dimensions réduites (notre corps individuel, notre singularité, etc.). Notre attention s'y trouve retenue sur les contraintes *matérielles* et *relationnelles*, ce qui nous incite à reconnaître ces contraintes pour insurmontables. Pourtant, nous l'avons vu, notre vrai bien se trouve à un autre niveau ; il donne à notre existence une dimension plus vaste ; il circule dans des formes de matérialité qui ne respectent en aucun cas ces cadres-là.

La véritable mort, autrement dit la mort du cœur, la mort à soi-même, l'indignité vécue comme un mal au-delà des douleurs, découle finalement de notre attachement aux éléments les plus réducteurs de la vie. Nous le savons depuis longtemps, l'existence offre plutôt une *opportunité inconditionnelle* à l'expression de notre valeur, et cela, quelle que soit la dureté des circonstances. Néanmoins, les épreuves les plus graves, les plus abominables, laissent voir à nu une liberté métaphysique fondamentale, celle de les *accepter ou non*. De ce point de vue, on peut montrer beaucoup de panache et de vertu dans la manière dont on relève les défis, mais on peut en montrer tout autant en les déclinant lorsqu'il s'agit – une fois de plus – d'y trouver l'expression de sa vertu et l'accomplissement de son destin.

L'exemple de Caton rappelle donc que la mort, que cela plaise ou non, est un recours d'urgence que l'on trouve toujours à portée de main ; mais cette disponibilité de la mort est une perception d'autant plus puissante, d'autant plus consolante qu'elle nous offre un point d'appui solide pour manifester notre liberté de vivre. En effet, dans les moments où notre cœur commence à se désespérer, la pensée de la mort lui tend un miroir où les choses s'inversent : en plongeant dans le désespoir et en se laissant emporter, il serait entièrement arraché à lui-même ; mais s'il perçoit sa propre disponibilité à mourir, il affirme du même coup sa capacité à s'en sortir.

Ainsi, nous désirons sortir de l'existence seulement lorsque notre vie *ressemble à une mort*. Quand c'est le cas, *c'est la mort qu'il faut suicider*, pas la vie. Après tout, comme c'est un signe de santé de rejeter la maladie, le fait d'en avoir assez du désespoir est un signe de vie. De cette manière, l'option de la sortie est reconnue pour ce qu'elle est : un élan de vertu si puissant, si amoureux de la *vie bonne* qu'il est prêt à bouleverser notre position dans l'organisation générale de la matière, y compris au détriment de l'existence du corps. Cette perspective réveille le cœur et le stimule : si notre vie ressemble à une mort, elle nous engage à *regagner la vie.*

Avec Sénèque, le suicide perd donc l'aspect d'une tentation qu'il faudrait conjurer à tout prix. C'est le contraire, l'idée de mourir, ou plutôt le sentiment de notre disponibilité à une mort volontaire, révèle la puissance de notre élan vers une vie meilleure, vers ce que la vie a de meilleur. On s'y découvre *absolument libre* des entraves ou des préférences du corps. En restant disponibles à une mort volontaire, en la gardant présente à notre esprit, nous pouvons nous percevoir nous-mêmes en train de *choisir de vivre*, mais certainement pas *n'importe quelle vie* : celle d'un être prêt à exprimer sa liberté quoi qu'il en coûte aux opinions, aux situations, aux relations, aux attachements.

Par là, la pensée d'une mort qui ne nous ferait pas mal commence à se laisser apprivoiser. Car on voit bien que, quoi que répète l'opinion courante, « la vie » et « la mort » ne sont pas des *états*, mais des mouvements (*vivre* et *mourir*), que l'on exprime de manière différenciée pour refléter ce qu'on y ressent de « bien » ou de « mal ». Cependant, les existences indignes rappellent que vivre ne constitue pas un bien en soi et que, par conséquent, il n'y a aucune raison de s'effrayer de mourir, comme si la mort constituait un mal en soi. Mieux vaut prendre conscience que notre existence navigue entre la vie et la mort, et qu'il nous appartient de développer plus de souplesse dans cette navigation. Cela en vaut la peine : « Qui a appris à mourir a désappris à être esclave. » III.26.10.145

Aimer conclure

C'est une erreur de penser que la mort soit la malédiction de notre condition humaine, ou que notre mortalité nous rende petits et négligeables parce que nous serions éphémères. Les pages qui précèdent incitent plutôt à reconnaître dans la mort un point de repère indispensable pour nous orienter. Avec un courage que les Stoïciens partagent avec peu d'autres philosophes, Sénèque trouve dans l'idée de *mourir volontairement* le moyen d'introduire entre la vie et la mort un louvoiement qui nous garde constamment tournés vers le bien. C'est là, dans notre capacité à marquer nous-mêmes la différence entre ce que nous qualifions comme « vie » ou « mort » et à nous orienter en fonction de ces pôles, que notre liberté, notre vertu s'exercent. Nous percevons alors qu'il nous incombe de cultiver la *vraie vie*, c'est-à-dire la *vie bonne*, la vie vécue et savourée comme un bien, en l'adossant à toutes les formes de la mort : celles qu'on rejette bravement parce qu'elles signifieraient le renoncement du cœur, et celle qu'on accueille avec grâce parce qu'elle marque notre réintégration complète à la nature.

Dans ces conditions, si l'art de *bien vivre* et celui de *bien mourir* se mettent à converger, ce n'est pas du tout parce que la vie ou la philosophie seraient des préparations à la mort, comme on le répète souvent dans le sillage de Platon, mais parce que la mort et la vie sont des mouvements indissociables l'un de l'autre. En effet, qu'on le veuille ou pas, qu'on le sache ou pas, la mort nous est distillée tout au long de la vie. Cet aspect nous échappe parce que cette mort-là, cette disparition quotidienne par laquelle vivre signifie aussi bien mourir, reçoit un nom plus élégant. C'est ce que nous appelons « le temps ». L'écoulement du temps nous donne à percevoir la coextension du vivre et du mourir : dans cette perspective, *bien vivre* et *mourir volontairement* signifient la même chose.

Or, dès que l'on rapporte le temps à une échelle plus vaste que les humains, dès qu'on l'interprète en fonction des mouvements des corps célestes et des transformations des grandes masses de la nature, les repères à partir desquels nous appréhendons l'articulation de la vie et de la mort s'élargissent : chaque individu se trouve à la fois situé et emporté dans le lent déploiement de quelque chose d'immense.

> Les cimes des montagnes s'érodent, des régions entières ont cessé d'exister, des terres d'outre-mer éloignées des regards ont été recouvertes par les vagues, de puissantes coulées de lave ont rongé les collines où elles resplendissaient [...]. C'est dans le périssable que nous vivons. XIV.91.11-12. 522-523

À cette échelle, les mouvements de la nature ne correspondent plus aux rythmes des humains. Les roches et les astres que nous croyons si stables se révèlent eux aussi périssables : tous les paysages sont détruits, toutes les villes disparaissent, tous les empires s'écroulent, tous les mondes finissent par être engloutis, l'univers lui-même s'effondre de manière cyclique. Dans ce contexte, l'existence des mortels s'inscrit dans des repères cosmologiques qui corrigent notre perception de la mort. Ils nous laissent percevoir que la mortalité de chaque être humain n'a rien d'une injustice qui l'isolerait de ses semblables ou des grands corps qui suscitent son admiration. Au contraire, elle l'intègre aux mouvements fondamentaux de la nature : la position du soleil rythme les jours, celle des étoiles rythme les mois, puis les saisons rythment l'année, et ainsi de suite.

Comme on plonge une lame incandescente dans l'eau pour l'affermir, l'idée de mourir trempe les humains dans une dimension où ils retrouvent leur grandeur. Pourtant, cette évidence n'est pas toujours facile à garder présente au cœur et au corps. Lorsqu'on annonce à quelqu'un qu'une maladie va l'emporter, la personne voit ceux qui ne sont pas malades comme s'ils étaient préservés du drame qui la frappe. De l'autre côté de la frontière imaginaire par laquelle elle s'isole d'eux, elle les regarde avec tristesse, avec envie. Elle aborde alors sa propre vie par comparaison avec d'autres et appréhende l'ensemble sous la catégorie de la quantité : eux, se dit-elle, ils vivront plus longtemps.

La perception des mouvements cosmiques est d'une grande aide pour se tirer de cette impasse. Lorsque l'on déplace ses repères à une

échelle où tout ce qu'il y a de plus grand se révèle aussi périssable, notre existence change d'aspect. En effet, « tout le monde a une vie courte comparée à tout l'univers » : la mort XVI.99.31.615
n'apparaît plus comme ce qui *sépare* l'individu mourant des êtres et des choses, tend à l'isoler et à le rendre triste de son isolement, mais comme ce qui *inscrit* son existence dans le lent déploiement de la nature et l'invite à lui rendre hommage. Pour cette raison, elle ne signale pas une *faiblesse* de l'individu appelé à mourir, elle marque la *puissance* des cycles qui se déroulent à travers lui, une puissance qui s'exprime dans sa capacité à s'y réintégrer.

> Nous croyons qu'il s'agit d'un écueil – quelle folie ! C'est le port. VIII.70.2.323

De plus, si l'on se pénètre du fait que tout finit par disparaître, cette considération des cycles permet de corriger la perception que nous avons du mouvement vital par lequel nous sommes en train de mourir. En effet, nous avons tendance à rapporter le passage du temps à un écoulement linéaire, où une certaine quantité de force vitale diminuerait chaque jour – sur le modèle d'une jarre de vin qui se viderait peu à peu, de ressources qui s'épuiseraient, d'une flamme qui diminuerait à petit feu, etc. D'où vient cet écrasement linéaire du temps dans notre perception ? Du fait que, laissé à lui-même, notre corps ne sait pas comment arrêter sa propre course, celle qui le fait courir après les plaisirs et fuir devant les peines. Voilà pourquoi cette course lui apparaît comme devant se prolonger indéfiniment. Accorder trop d'attention aux dimensions des sens nous incite à vouloir vivre sans fin, parce que c'est la tendance naturelle des attachements du corps.

Par contraste, lorsque le cœur revient à lui-même par la perception qu'il a de la nature, la temporalité de notre existence en reçoit une forme *circulaire* qui recompose entièrement les repères de la « vie » et de la « mort », de sorte qu'une durée indéfinie ne l'intéresse plus.

> Il sait que leur durée ne rajoute rien aux actes honorables. Mais il est nécessaire que n'importe quelle vie semble brève à ceux qui la mesurent à des plaisirs vains : faute de
> IX.78.27.396 contenu, ceux-ci n'ont pas de terme.

Nous ne désirons prolonger la vie que parce que nos désirs – ceux qui visent le plaisir – s'étirent eux-mêmes à perte de vue. Notre parcours dans l'existence ne nous apparaît comme un trajet linéaire que si et seulement si nous concevons la vie à partir de la structure exponentielle du plaisir, qui ne connaît pas le « terme ». La même chose s'applique à tous nos désirs dévoyés par l'opinion, floue et indéterminée, ou par les mauvais exemples, qui nous détournent de notre direction.

> Les désirs naturels sont limités ; ceux qui naissent d'une fausse idée des choses n'ont nulle part où s'arrêter, car le faux n'a pas de limites. Quand on voyage sur une route, on finit par toucher au but ; sans direction, on n'arrive nulle part. II.16.9.99

Si rien de ce qui est faux n'a de limite, alors réciproquement, en appréhendant nos limites, nous faisons l'épreuve d'une vérité plus profonde et plus intime qu'on ne peut l'éprouver par les désirs qui nous réduisent en esclavage. De ce point de vue, en se sentant chaque jour *mourir volontairement*, chaque être humain peut remplacer ses attachements les plus superficiels (à des choses, à des êtres, à des espoirs, bref à des « préférables ») par la perception de son appartenance aux cycles les plus vastes. Cela revient à reconnaître la quotidienneté d'une mort qui, au lieu de nous grignoter à petit feu, manifeste la manière dont les grands cycles de la nature et les petits cycles de nos vies s'accomplissent les uns par les autres.

Or, puisque tous les mouvements de la nature s'entretiennent par la succession des débuts et des fins, des commencements et des terminaisons, des morts et des régénérations, la perception de cette appartenance nous incite à observer, à accueillir et à vouloir une certaine discontinuité dans l'existence. En d'autres termes, l'alternance de vie et de mort dans les grands cycles cosmiques nous enseigne, jusque dans les détails de nos existences humaines, à *aimer conclure*. C'est de cette manière que l'on s'émancipe du temps et du regret perpétuel de n'en avoir jamais assez.

> Le plus grand vice de nos vies est qu'elles ne sont jamais closes, qu'elles ont quotidiennement ceci ou cela en attente. Mais si l'on y apporte chaque jour la touche finale, on n'a plus besoin de temps.

XVII.101.8.
623

Une clôture n'est pas une marque de finitude : elle referme, mais sans détruire. Elle termine, oui, mais elle parfait. Elle n'interdit pas les projets, mais elle requiert de ne pas avoir perpétuellement en vue des commencements : sans cela, nos efforts s'anéantiraient eux-mêmes dans leur propre répétition, et toute satisfaction serait exclue de la vie. Comment s'étonner qu'un être instable, toujours en quête, incapable de mettre en œuvre l'une des fonctions les plus puissantes de la nature (porter les choses à leur point d'achèvement) se plaigne de la mort ? Tant que l'on n'apprend pas à *conclure*, on se condamne soi-même à être interrompu, et même perpétuellement insatisfait, puisqu'on reporte toujours sa satisfaction à plus tard. Alors, la mort ne peut nous apparaître autrement que comme ce qui coupe notre élan, nous abat en plein vol ou épuise nos dernières ressources – tout le contraire d'une réintégration cosmique.

Aimer conclure, c'est donc accepter l'existence comme une suite de boucles où aucune chose n'est parfaite que si elle aboutit. Ainsi, ce que nous avons l'habitude de désigner négativement comme notre « finitude », source humiliante de notre petitesse, se retourne en la puissance positive de nous réintégrer, par une action consciente et volontaire, aux grands cycles. Toute l'Antiquité s'accorde là-dessus : avoir une fin signale une puissance, non une limite.

Par là, l'écoulement du temps lui-même se trouve converti. Au lieu de le considérer comme une nécessité que nous subissons *passivement* et qui nous conduirait *irrésistiblement* vers notre fin, comme des bêtes à l'abattoir, il révèle une ambivalence qui nous laisse au défi de nous appartenir à nous-mêmes.

> Rien n'est à nous, Lucilius, sauf le temps.
> La nature nous a mis en possession de cette
> unique chose, fugace et fuyante, dont n'im-
> I.1.3.40 porte qui peut nous exproprier.

Percevoir le passage du temps cosmique comme un mouvement qui se déroulerait sans que nous n'y puissions rien est une erreur et un gâchis. Le temps ne désigne rien d'autre que la ligne de crête où se rencontrent, indissociables, les mouvements de *vivre* et de *mourir*. On bascule d'un côté ou de l'autre, non pas selon que l'on est triste ou gai, ni selon que le corps éprouve plaisir ou douleur, mais selon que nous *revendiquons* la conduite de notre vie comme étant la nôtre. Ainsi, chaque instant qui passe sans que notre cœur s'en saisisse pour y manifester sa liberté, sans qu'il y reconnaisse une vertu en exercice, sans qu'il s'émerveille des empreintes qui transitent, sans qu'il savoure son propre bien, constitue ni plus ni moins qu'un *suicide involontaire*. Emportés par des opinions qui ne sont pas les nôtres, des plaisirs et des relations qui font de nous leurs esclaves, nous commettons régulièrement, mais discrètement, ce crime envers nous-mêmes.

En baignant la vie tout entière dans la mort, Sénèque ramène le fait de *mourir volontairement* à celui d'aimer conclure, condition fondamentale pour vivre pleinement une existence composée de cycles. Oui, c'est seulement parce que notre mortalité introduit une clôture dans chaque jour, dans chaque acte, que nous pouvons y reconnaître notre propre accomplissement et en faire, pour ainsi dire, un hommage aux plus grandes forces de la nature. Le fait de *vivre notre vie comme une mort volontaire*, autrement dit le fait de nous acheminer volontairement vers la mort, fait alors de notre existence un hommage aux cycles cosmiques où la vie et la mort tournoient sans s'opposer.

N'est-ce pas curieux ? C'est en marquant nettement le rythme *discontinu* de nos vies que l'on se place en plus parfaite *continuité* ou harmonie avec la nature. Parce que, dans la nature, rien ne naît que pour mourir, une terminaison librement accomplie ne peut que faire rejaillir la vie sous la vie, précisément pour la raison qu'elle alimente la vie par la dynamique qui l'unit à la mort. Pour reprendre notre vie en main, le temps vécu doit donc se remettre au diapason du temps cosmique. S'y refuser serait tout simplement entrer en dissonance avec la nature, en négation de la vie. « Qui refuse de mourir n'a jamais voulu vivre. » IV.30.10.160

Vivre en nomades

Néanmoins, si la conclusion de chaque jour nous inscrit et réinscrit dans la nature, notre décès figure, en quelque sorte, le rendez-vous ultime. Il semble impliquer à la fois une *séparation* radicale d'avec tout ce à quoi nous nous sommes attachés au cours de notre existence, et un *départ* définitif vers une destination plus ou moins inconnue (le néant ou une autre forme d'existence).

La philosophie n'a jamais cessé d'anticiper cette séparation : en enseignant à distinguer la dimension du cœur de celle du corps, en aidant les « germes des vertus » à prospérer en nous, en apprenant à nous ouvrir à la circulation du bien et à en laisser des empreintes, elle a déjà en partie séparé ce qui s'apprête à l'être. Si le décès doit constituer un moment de vérité, c'est donc d'abord parce qu'on y fait l'épreuve de la vertu du cœur, au moment où il s'agit pour lui de démontrer sa complète autonomie à l'égard des perceptions du corps. Cette autonomie, notre vertu la démontre chaque jour, notre bonheur la savoure chaque jour, notre cœur ne cesse d'en faire l'expérience, y compris dans les soins adaptés et l'attitude affectionnée que nous montrons envers notre corps.

Le décès est également un moment de vérité en ceci qu'il met un terme à nos illusions les plus invétérées, celles qui nous font prendre pour des « biens » les faveurs extérieures de la Fortune. Nous le savons, les êtres et les choses que nous aimons, les événements et les plaisirs dont nous nous réjouissons sont seulement des « préférables » ; ils ne se trouvent pas du tout sur le même plan que le bien. Néanmoins, aussi longtemps que notre cœur se laisse emporter par le corps, et notre corps par toutes sortes de sollicitations (sensations, opinions, mauvais exemples, etc.), nous nous laissons prendre à des attachements sans importance, nous nous inquiétons pour des broutilles ou, dans les situations les plus terribles, nous nous laissons affliger par des horreurs qui devraient, au contraire, stimuler notre vertu.

La perspective de la séparation a donc pour but de ramener les choses à leurs justes proportions, en les plaçant dans l'axe d'un rendez-vous avec la vérité. Elle nous permet d'adopter ce qu'on pourrait nommer, en première approche, une éthique de la perte.

> Un bien n'est d'aucune aide à celui qui le possède, à moins que son cœur ne soit préparé à le perdre. I.4.6.46

La considération de leur perte a l'avantage de conférer aux prétendus « biens » extérieurs ce qui leur manquera toujours : des limites. Lorsque le cœur apprend à anticiper leur perte, il oppose une limite à la logique d'emballement des plaisirs, aux aveuglements des opinions, à la force d'entraînement des mauvais exemples, etc. Il refuse de se laisser emporter parce qu'il n'oublie pas qu'il est destiné à se séparer lui-même de tous ces biens : au lieu de l'attacher, la mort lui enseigne le détachement.

On pourrait objecter : est-ce qu'en abordant les plaisirs avec la conscience de leur perte, on ne tend pas plutôt à s'en saisir avec excès, de manière désespérée ? Eh bien, justement. Contrairement aux apparences, la retenue dont parle Sénèque ne signifie pas du tout que l'on diminue en intensité les plaisirs et les joies. C'est l'inverse, en les limitant en *extension*, on les arrache au quantitatif et on les fait basculer dans l'ordre du qualitatif pur, là où l'intensité est toujours à son *optimum*. Ainsi, de la même manière que le cœur, en comparant la durée de sa vie à celle des étoiles et des planètes, se rappelle qu'aucune forme de quantité ne le concerne, de sorte qu'il peut se désintéresser complètement de la durée, la perspective de la séparation fait percevoir la vie sous la catégorie du qualitatif pur, celle où l'on peut savourer ce que l'on a comme si on l'avait déjà perdu – moins dans la *certitude* de la perte que dans l'*indifférence* à la perte. En savourant la valeur de nos attachements sans les interpréter en termes de quantité, il nous devient indifférent de les garder ou de nous en séparer, car ce n'est pas l'avenir qui compte, mais la qualité de notre engagement.

Au demeurant, la phrase de Sénèque met en balance une éloquente complémentarité : elle suggère que l'on ne peut *perdre* une chose que si l'on s'en réjouit d'abord sur le mode de la *possession*. Beaucoup de traditions philosophiques antiques se moquent de ce modèle patriarcal, où la propriété juridique des biens prétend asseoir de manière stable des rapports de pouvoir univoques. Elles observent avec humour que tout ce qu'un homme croit « posséder » (le patrimoine qu'il s'attribue, les titres dont il se vante, les corps qu'il pénètre, etc.) le possède en retour. Ceux qui tyrannisent les autres sont les esclaves volontaires les plus invétérés.

En ce sens, l'éthique de la perte est destinée à conjurer la tentation de vouloir s'approprier ce qui n'est pas à soi, autrement dit de se lier par des liens de dépendance et d'identification à ce qui n'est pas soi. Une éthique de la perte ne se limite donc pas à anticiper une séparation *future*. Elle engage à garder une *disponibilité distante* envers chaque chose, chaque être, chaque expérience, capable de maintenir intacte leur extériorité – peu importe qu'ils apportent des plaisirs ou des peines. Cette distance permet au sage de ne refuser aucun « préférable » ; pourtant, dans un mouvement de boucle qui définit la nature, son geste d'accueil s'articule à son complémentaire.

> Si quelque chose va dans son sens, il le
> prend avec assurance, puis le repose de la
> VIII.72.8.346 même façon.

Ce geste qui à la fois accueille et maintient à distance, qui engage et qui détache, est si difficile à ajuster qu'il faut généralement aux humains une vie entière pour s'y exercer. Néanmoins, si le sage a appris, au cours de sa vie, à ne rien s'approprier d'autre que le mouvement de la vertu, et à ne rien savourer d'autre, à travers toutes choses, que le bonheur du bien, alors la perte au moment du décès devient dénuée de sens. À son exemple, plus nous parvenons à adopter une perspective où notre identité dépend moins des êtres et des choses que nous aimons, c'est-à-dire plus notre satisfaction procède du *bien* qui se manifeste par eux sans cesser d'évoluer et de se déplacer, plus diminuent la *peur de perdre* et le *refus de se séparer*, autrement dit les deux piliers sur lesquels se dresse la peur de la mort. C'est ainsi que l'éthique de la perte révèle son aspect le plus joyeux et le plus positif : ce que Sénèque désigne comme une vie nomade.

> Veux-tu être libre à l'égard de ce corps ?
> Habite-le en nomade. VIII.70.17.328

Le nomadisme invite à vivre notre corporéité en hôtes de passage. Les nomades ne s'identifient pas à leur corps, mais ils y habitent ; ils n'y séjournent pas pour s'y installer, mais seulement pour déployer le bien dans la matière. Cette attitude nous inscrit donc dans une posture où, en anticipant la séparation, nous vivons notre attachement au corps et à ses esclavages avec une légèreté résolue. Or, si notre cœur reconnaît dès aujourd'hui sa distance d'avec le corps, il n'y aura plus rien à séparer au moment du décès. En effet, séparer deux choses qui se trouvent à distance, cela n'a aucun sens. De cette manière, la mort cesse complètement d'être une source d'angoisse alimentant nos peurs ; elle devient, au contraire, le levier qui permet de les anéantir

toutes : « il y a si peu à craindre dans la mort
III.24.11.135 que, grâce à elle, plus rien n'est à craindre ».

Saluer en comédiens

Aussitôt que l'on accepte de prendre ses distances avec ses propres attachements, tout devient d'autant plus léger que le décès lui-même ne pèse plus. Plus nous faisons l'épreuve des réalités matérielles du cœur et de ses vertus, moins nous réduisons notre propre matérialité au corps tel que le perçoivent nos sens, mieux nous nous préparons à dire « au revoir » à notre propre corps et à nous sentir, sans délai, libres de ses attaches. Ainsi, la perspective d'un au revoir à nous-mêmes a le puissant avantage de nous détacher *sans attendre* de tous les éléments que notre décès va anéantir. Il nous devient possible de savourer notre existence en n'y considérant que la pure qualité. Cela nous permet de baigner dans un bonheur affranchi de toute peur – du moins, aussi longtemps qu'on est capable de se maintenir dans cette perspective, sans se laisser troubler par les états du corps ou par les mouvements de la Fortune.

Bien entendu, on pourrait dire : « Tout ce beau détachement philosophique nous ouvre sans doute à une forme d'éternité, mais il suppose quand même notre existence. On ne peut savourer notre immunité à la mort que dans l'intervalle entre la naissance et le décès. Mais après ? »

L'intérêt de cette objection consiste à rappeler que ce qui est accompli et qui s'achève entre notre naissance et notre mort n'en *dépasse* jamais : personne ne continue sa trajectoire dans la durée après être sorti de la durée. Pour autant, notre existence ne se *retreint* pas à cette boucle qui referme la naissance et le décès, car notre matérialité ne se limite pas au corps tel que le perçoivent nos sens. En effet, la matérialité du cœur ou celle de la vertu n'admettent pas les mêmes divisions spatiales et temporelles que le corps ; la circulation qui les définit ne répond pas au type de localisation et de distinction propres au corps ; les empreintes que le bien engendre répondent à d'autres logiques ; étrangères à tout ce qui se mesure, ces dimensions-là, sans avant, sans après, sont *entièrement étrangères au temps.*

Sénèque ouvre ainsi la perspective d'une existence qui s'affirme plus grande que la vie, où nous ne sommes pas mortels à proprement parler, car la valeur qu'exprime la vertu ne se cantonne pas à ses coordonnées immédiates : le bien se manifeste dans le temps sans s'y réduire.

Toujours plus vaste que l'ici et maintenant, la vertu révèle et explore une dimension de l'existence qui n'est pas accessible aux sens, bien qu'elle soit matérielle et qu'elle soit pleinement vécue, j'insiste encore, sans l'aide des sens.

De ce point de vue, le décès met évidemment un terme à un certain voyage dans l'une des dimensions de notre matérialité, mais l'importance de ce terme se trouve nettement diminué.
XVII.102.24. « Pour le cœur, ce n'est pas son dernier
633 moment ; seulement pour le corps. »

Sur ces fondements, l'au-delà du décès perd aussitôt son prestige et sa pertinence. En effet, si l'on aborde le décès du point de vue de la discontinuité qu'il introduit, notre expérience passée nous éclaire assez sur ce qu'est une rupture : ce ne sera pas la première fois que nous passons un seuil. L'événement final se perçoit à partir des discontinuités que nous avons déjà vécues, et en particulier la plus brutale, la plus spectaculaire, celle de la naissance. Nous savons d'expérience que, lorsqu'un être parvient *à son terme*, il s'intègre à un cycle pour lequel ce qui se termine est nécessairement le commencement d'autre chose.

Ainsi, à la question : *y a-t-il une vie après la mort ?*, on peut répondre avec assurance : bien sûr, c'est celle-ci. À chaque instant qui passe,

notre existence laisse derrière elle une masse d'expériences et d'événements, des attachements noués puis rompus, des travaux entamés puis achevés, etc. Voilà pourquoi Sénèque écrit :
« Tout ce qui est derrière nous, la mort le tient. » I.1.2.39
Ce mouvement de basculement de la vie dans la mort n'est pas une tragédie qui aurait de quoi nous effrayer ou nous révolter. Il indique la marge de manœuvre d'une *vie pendant la mort* qui commence maintenant.

Par conséquent, la question que pose l'après-décès n'est pas : *que restera-t-il de moi, de mes souvenirs, de ma personnalité, de mes attachements après ma mort ?* mais plutôt : *en quoi tout cela définit-il ma réalité, puisque le décès le détruit ?*

C'est ce renversement complet de perspective qui fait surgir, dans la pensée de Sénèque, le modèle du théâtre. Car, au fond, rien de ce qui compose les coordonnées habituelles de notre identité (le nom, l'aspect physique, le caractère, les relations, les accessoires) ne dépasse la définition d'un personnage de théâtre. Comment le nier ? Un comédien ne joue son personnage que s'il en porte le costume et les attributs, qu'il en adopte les postures et le vocabulaire ; de la même manière, nous nous lions à nos vêtements, à nos meubles, à nos bijoux, à nos titres, à notre parcours professionnel, et même aux êtres que nous aimons, à la personnalité que nous nous attribuons, etc. Ce sont ces attachements qui nous font mourir, puisqu'ils nous condamnent à faire l'expérience amère de la perte et de la séparation. Ce sont eux qui font du décès un déchirement, et non la scène finale d'une belle représentation.

La mort, en passant entre notre cœur et notre identité, nous engage donc à reconnaître dans tout ce qui compose l'image que nous avons de nous-mêmes un ensemble d'accessoires finalement périphériques à notre véritable existence, c'est-à-dire au mouvement par lequel notre liberté cherche et trouve le chemin du bien. Assumer notre théâtralité, cela n'implique pas de rejeter ces accessoires, mais plutôt de les embrasser pour ce qu'ils sont. En effet, rien ne nous interdit de jouer notre propre personnage, mais l'envie d'y apporter éclat et panache ne procède plus ni d'une adhésion aveugle à des esclavages corporels ou à un conformisme social, ni d'un attachement narcissique aux images de soi. La perspective de la mort donne à notre *prise de rôle* l'aspect d'un jeu improvisé où, en tâchant de tenir ce rôle au plus beau de notre humanité, nous ne cherchons rien d'autre qu'à nous faire honneur à nous-mêmes, aux autres et à la Providence qui nous l'a attribué.

Ainsi, la perspective du décès nous enseigne à *vivre en comédiens*, moins attachés à notre situation sociale et financière, moins prisonniers de nos préférences, libérés des attachements matériels et des rigidités narcissiques qui nous rendent craintifs et misérables. Elle nous fait percevoir un ordre de réalité supérieur, où l'existence individuelle n'est que la réduction d'une situation plus large, où tout ce qui nous semble important s'inscrit dans des cycles plus vastes et participe de leur accomplissement.

Vivre en comédiens, c'est donc accepter que notre existence, inscrite dans ces cycles, fasse partie d'une pièce qui se joue à très grande échelle – ce qui revient à faire de nous-mêmes, de nos actes, de nos vies, une offrande, un hommage permanent à des forces qui nous dépassent. Dans ce cadre, la plus haute noblesse dont nous puissions faire preuve est de manifester, en toute conscience, notre puissance de réintégration en nous réjouissant pleinement de notre fin.

Dans ces conditions, la fin du spectacle apparaît moins comme une horreur finale (ce qu'elle est seulement pour un corps aliéné et rebelle à lui-même) ou comme une déchirante séparation (ce qu'elle ne continue d'être que pour les attachements émotionnels). Elle marque, pour le cœur, le moment de tirer sa révérence et de saluer son public – avec une élégance *exemplaire*, dont les effets se déploieront bien au-delà de nous.

> Dans la vie, c'est comme au théâtre, l'essentiel ne tient pas à la durée de la pièce, mais à la manière dont elle est jouée. À quelle tirade tu t'interromps, cela n'a aucune importance.
> IX.77.20.387 Arrête-toi où tu veux mais termine en beauté.

Réponses claires à des questions obscures

Terminons là où les opinions communes ne cessent de nous ramener, afin de donner aux conceptions alternatives une clarté qui ne sorte plus de la mémoire.

Nous sommes couramment convaincus que nous traversons l'existence « en vie » et qu'à la fin de ce parcours, on « meurt ». Cette représentation des rapports entre la vie et la mort est complètement fausse, voici pourquoi :

I. Elle méconnaît la structure circulaire de tous les cycles de la nature et donne à « la vie » l'aspect aplati d'un segment de droite. Mais la vie se compose d'un nombre incalculable de cycles ; et lorsque l'un d'eux se termine, il ne rencontre pas seulement ses limites, il manifeste aussi notre puissance d'intégration à un ensemble plus vaste, comme le cycle de la génération, qui ne cesse de boucler entre naissances et décès, et la course des astres, intégrée aux cycles de tout l'univers.

II. Elle cantonne notre « bien » dans certaines limites de durée, alors que le cœur ne tient compte d'aucune forme de quantité. Vivre, ce n'est pas seulement recevoir des coordonnées spatiotemporelles (ici et maintenant), car tout être humain se déploie dans des dimensions dont certaines n'ont aucun rapport à la durée. Comme elles n'ont pas commencé, il n'y a aucun sens à dire qu'elles se terminent.

III. Elle aborde notre existence en fonction des attributs d'un personnage individuel abstraitement isolé, sans tenir compte des repères matériels où nous percevons cette existence autrement, par exemple comme un ensemble de flux et d'empreintes. Or mourir, c'est quitter les perspectives d'un certain corps individuel, ce que nous ne faisons pas qu'une fois, mais tout au long de la vie. En ce sens, vivre et mourir désignent un seul mouvement qui consiste à convoyer et modifier des empreintes dont l'intensité n'a aucun rapport avec l'individu.

IV. À la question « Que deviendrons-nous après la destruction du corps ? », on peut répondre que le passage d'un cycle d'existence individuel à un autre, non individuel, est analogue au passage de l'existence intra-utérine à l'existence terrestre.

> As-tu oublié qu'il t'est déjà arrivé de sortir d'un corps où tu te trouvais ? Tu t'attardes, tu résistes... Oui, comme la fois où ta mère a dû faire tant d'efforts pour t'expulser. Tu
> XVII.102.26. gémis, tu implores... Oui, tu avais les mêmes
> 633-634 pleurs en naissant.

Le modèle de la naissance révèle la puérilité de nos craintes. Il inspire à Sénèque, peu avant de mourir, ce sourire attendri :

> XVII.102.26. Le jour qui te terrorise parce que tu le crois
> 633 le dernier sera l'anniversaire de ton éternité.

Conclusion

Le mieux, c'est que tu viennes me voir
en personne. I.6.5.53

Lorsque j'ai commencé la rédaction de ce livre, je pensais que l'élégance avec laquelle Sénèque s'exprime est si claire, si limpide, qu'en lisant simplement les *Lettres à Lucilius*, on pourrait en manquer la puissance philosophique. En partageant mes réflexions, j'ai donc essayé d'en faire percevoir la profondeur autant que je l'ai pu. Mais à présent, j'ai l'inquiétude inverse : je crains que les lectrices et lecteurs de cet ouvrage, croyant en savoir assez, estiment superflu de se plonger dans les *Lettres à Lucilius*. Alors, j'aurai fait de moi l'un de ces écrivains qui se présentent comme des « passeurs » de la philosophie, tandis que leurs livres font surtout d'eux des « auteurs-écrans » qui nous empêchent de lire Platon, Spinoza ou Nietzsche parce que le temps nous est compté et que nous n'avons pas *osé* croire que ces penseurs pourraient devenir, au fil d'une lecture qui est aussi une rencontre, simplement nos amis.

Passer du temps avec les meilleurs livres, c'est pourtant le moyen de développer en nous le meilleur de l'humain. À ce titre, Sénèque est d'autant plus essentiel qu'il nous engage à replacer l'exigence éthique au cœur de nos vies. Adoptant une posture à chaque fois perpendiculaire aux oppositions dualistes, il ouvre des perspectives qui démultiplient les dimensions dans lesquelles nous percevons notre existence, et c'est de cette manière qu'il contribue à transformer le quotidien.

Ainsi, le concept d'*épreuve* nous a permis de nous découvrir *invincibles*, car la Fortune ne peut atteindre la femme ou l'homme qui bâtissent leur liberté sur les événements : tout ce qui leur arrive, bon ou mauvais, devient une occasion pour eux de faire l'épreuve d'eux-mêmes et de leur valeur.

Ensuite, la notion d'*honorable* nous a montré comment devenir *impassibles* en émancipant notre cœur : lorsque notre attention se détourne de nos sensations et s'attache au bien, elle se libère de ses esclavages. Alors, nous pouvons savourer le bonheur serein, patient, puissant, que le cœur ne cesse de puiser dans l'exercice de la vertu.

Nous devenons ainsi d'autant plus *infaillibles* qu'au lieu d'affirmer nos positions obstinément, nous apprenons à donner voix à une multiplicité qui cherche d'elle-même sa mise en cohérence, ce qui redéfinit la vérité en termes de *chemin*. Lorsque le vrai et le faux permettent de s'orienter de manière dynamique, il n'est plus question d'avoir raison ou tort ; on s'approche du vrai à mesure que l'on se met à son *écoute*.

De cette façon, par nos actes et nos paroles, nous faisons circuler la vertu parmi nos semblables et ne cessons de nous inspirer les uns les autres. Nous montrer *exemplaires*, c'est donc laisser le bien nous traverser et rendre la vertu disponible à d'autres.

Dans ce contexte, l'immortalité n'apparaît plus comme la promesse de vivre après la mort, mais comme une façon de percevoir notre existence selon des repères qui manifestent notre *puissance de réintégration*. Alors, ce n'est pas « toi », « lui » ou « moi » qui sommes *immortels*, mais quelque chose qui nous inscrit dans des dimensions tellement vastes que notre rapport à l'existence humaine s'en trouve profondément transformé, allégé, réjoui.

Mais le plus beau de tout cela, c'est que ces conceptions sont les *outils* de la philosophie, et pas du tout son *résultat*. À aucun moment Sénèque n'imagine limiter une « œuvre philosophique » à un texte composé de mots, ni même à un système d'idées. Les *Lettres à Lucilius* sont écrites de manière que les pensées qu'il y brasse l'affermissent sur le chemin qui devait le conduire à la mort, et qu'en se partageant, elles fassent circuler ce même courage à perte de vue. La mort ne l'a atteint qu'à la manière dont le vent emporte les graines du pissenlit : en dispersant ses vertus, elles en ont répandu les germes. À présent, c'est à nous de procéder au mouvement par lequel nous pouvons intégrer la philosophie au plus profond de nous-mêmes, de manière à percevoir et à faire percevoir le bien par nos pensées, par nos paroles et par nos actes. Considérant le quotidien dans toute sa profondeur, nous pourrons naviguer vers la sagesse en traversant les remous de l'existence sans dommage, à l'image de Sénèque : « fragile
VI.53.12.239 comme un homme et serein comme un dieu ».

Indications bibliographiques

Le présent ouvrage est une introduction à l'édition des *Lettres à Lucilius* publiée en 2025 aux éditions Flammarion. Dans ce qui a fini par se structurer en chapitres consacrés aux cinq grandes ambitions affichées par Sénèque, je n'ai pas cherché à commenter des séquences argumentatives, à mesurer l'écart entre lui et d'autres auteurs (stoïciens ou pas), entre ses *Lettres* et ses ouvrages antérieurs. Tout en sachant pertinemment qu'il s'appuie sur la tradition stoïcienne et sur d'importants procédés de rhétorique, j'ai fait comme si toutes ses pensées lui appartenaient, comme si tout venait de lui, du *dernier Sénèque*. Pour celles et ceux qui souhaiteraient faire la part des choses, distinguer notamment ce que Sénèque reçoit de la tradition stoïcienne et en quoi il innove, ce qui répond à son contexte politique ou intellectuel, etc., il vaut la peine de se plonger dans les ouvrages des grands universitaires, en particulier ceux de Brad Inwood ou de Paul Veyne, ainsi que dans la fascinante biographie que lui a consacrée Miriam T. Griffin. Ici, je ne veux indiquer qu'un nombre limité de références. On trouvera à la fin des *Lettres* une bibliographie plus complète.

Éditions des Lettres à Lucilius

FINK, G. (éd. et trad.), *Epistulae morales ad Lucilium. Briefe an Lucilius*, Düsseldorf, Patmos/Artemis und Winkler Verlag, 2007-2009.

GAVILÁN, F. S. (éd.), *Cartas a Lucilio*, Madrid, Ediciones Cátedra, 2018.

GRAVER, M., et LONG, A. A. (trad.), *Lucius Annaeus Seneca, Letters on Ethics to Lucilius*, Chicago, The University of Chicago Press, 2015.

ROVERE, M. (trad.), *Lettres à Lucilius*, Paris, Flammarion, 2025.

SOLINAS, F. (éd.), *Seneca. Lettere morali a Lucilio*, Rome, Mondadori, 2024.

Textes de référence

ARISTOTE, *Œuvres complètes,* P. Pellegrin (dir.), Paris, Flammarion, 2014.

ÉPICTÈTE, *Manuel*, E. Cattin (trad.), Paris, Flammarion, 1997.

ÉPICURE, *Lettres, maximes et autres textes*, P.-M. Morel (trad.), Paris, GF-Flammarion, 2017.

PLATON, *Œuvres complètes*, L. Brisson (dir.), Paris, Flammarion, 2023.

SPINOZA, B., *Éthique*, M. Rovere (trad.), Paris, Flammarion, 2022.

Commentaires

ARMISEN-MARCHETTI, M., *Sapientia facies. Étude sur les images de Sénèque*, Paris, Les Belles Lettres, 1989.

BARTSCH S. et WRAY, D. (éd.), *Seneca and the Self*, Cambridge University Press, 2009.

BÉNATOUÏL, Th., *Faire usage : la pratique du stoïcisme*, Paris, Vrin, 2006.

BOURBON, M., « De l'intérieur à l'intime. La construction sénéquienne de l'intériorité », dans G. Puccini (dir.), *L'Intime de l'Antiquité à nos jours*, I, Bordeaux, Presses Universitaires de Bordeaux, 2020, p. 93-107.

DAMSCHEN, G., et HEIL, A. (éd.), *Brill's Companion to Seneca*, Leyde, Brill, 2014.

DIDEROT, D., *Essai sur les règnes de Claude et de Néron* (1778-1782) in *Œuvres*, t. I, Paris, Bouquins, 1994.

DUPONT, Fl., *Les Monstres de Sénèque. Pour une dramaturgie de la tragédie romaine*, Paris, Belin, 1995.

ELIOT, T. S., « Seneca in Elizabethan Translation », in *Selected Essays*, New York, Faber & Faber, 1950, p. 51-88.

FOUCAULT, M., *Du gouvernement des vivants. Cours au Collège de France (1979-1980)*, Paris, Seuil-Gallimard, 2012.

FOUCAULT, M., *L'Herméneutique du sujet. Cours au Collège de France (1981-1982)*, Paris, Seuil-Gallimard, 2001.

FOUCAULT, M., *Histoire de la sexualité, tome III. Le souci de soi*, Paris, Gallimard, 1994.

GOULET-CAZÉ, M.-O. (éd.), *Études sur la théorie stoïcienne de l'action*, Paris, Vrin, 2011.

GOURINAT, J.-B. et BARNES, J. (dir.), *Lire les stoïciens*, Paris, PUF, 2009.

GRAVER, M., *Seneca. The Literary Philosopher*, Cambridge, Cambridge University Press, 2023.

GRIFFIN, M., *Seneca: A Philosopher in Politics*, 2e éd., Oxford, Clarendon Press, 1992.

GRIMAL, P., *Sénèque ou la conscience de l'Empire*, Paris, Les Belles Lettres, 1978.

HADOT, I., *Sénèque. Direction spirituelle et pratique de la philosophie*, Paris, Vrin, 2014.

INWOOD, B., *Reading Seneca: Stoic Philosophy at Rome*, Oxford, Clarendon Press, 2005.

KER, J., *The Deaths of Seneca*, Oxford University Press, 2009.

NUSSBAUM, M., *The Therapy of Desire: Theory and Practice in Hellenistic Ethics*, Princeton University Press, 1994.

VEILLARD, Chr., *Le Souffle de la raison. Le défi des Stoïciens*, Paris, Plon/Renaissance, 2023.

VESPERINI, P., *La Philosophie antique. Essai d'histoire*, Flammarion, 2025.

VEYNE, P., *Sénèque : une introduction*, Paris, Tallandier, 2019.

WILDBERGER, J. et COLISH, M. L. (éd.), *Seneca Philosophus*, Berlin/Boston, De Gruyter, 2014.

Table

NORD COMPO
multimédia

Composition et mise en pages
Nord Compo à Villeneuve-d'Ascq

Les Éditions Flammarion sont investies dans une démarche active pour l'empreinte environnementale de leurs parutions. Ainsi, le livre que vous tenez entre vos mains a été imprimé sur des papiers issus de forêts gérées durablement, par un imprimeur engagé dans la protection de l'environnement.

Imprimé en France par CPI en octobre 2025

Dépôt légal : novembre 2025
N° d'édition : 649224-0
N° d'impression : 185179